Esther Fischer

Allerheiligen

Eine Autofiktion

Verlag BoD

Esther Fischer, Jahrgang 1964 lebt mit ihrer Familie in Salzburg, arbeitet als freischaffende Autorin und Mentalcoach.

Ihre Kindheit verbrachte sie in einem 2000-Seelen-Dorf in den Bergen. „Allerheiligen" ist nach dem Debutroman *Koru,* ihr zweites veröffentlichtes Werk.

Bei einem Besuch des Heimatortes brechen im Novembernebel Erinnerungen an die Kindheit die Krusten des dörflichen Lebens auf und bringen nicht nur Alltägliches der sechziger und siebziger Jahre, sondern auch die tiefsten menschlichen Abgründe, die hinter der idyllischen Fassade schlummern, zutage.

Esther Fischer

Allerheiligen

Eine Autofiktion

Verlag: BoD

Bibliografische Information der Deutschen Nationalbibliothek: Die Deutsche Nationalbibliothek verzeichnet diese Publikation in der Deutschen Nationalbibliografie; detaillierte bibliografische Daten sind im Internet über dnb.dnb.de abrufbar.

Herstellung und Verlag: BoD – Books on Demand, Norderstedt

ISBN: 978-3-7504-1323-8

Nach dem Frühstück ziehe ich meinen pinken Mantel über, den pinken mit den silbernen Knöpfen. „Aber zieh morgen nicht deinen pinken Mantel an", hatte Mutter mich am Telefon ermahnt. „Der passt nicht an Allerheiligen." Ich packte zwei Mäntel, den pinken und den schwarzen. Ich habe mich noch nicht entschieden, welchen der beiden ich am Nachmittag für den Gang zum Friedhof tragen werde. Die Rebellin aus Jugendtagen in mir, der die starren Konventionen des Dorfes unter der Haut brennen, tendiert zum pinken.

Feuchte Kälte kriecht meine weiten Ärmel hinauf, als ich die hölzerne Haustüre mit dem Relief einer halben aufgehenden Sonne schließe. Um das Schlüsselloch herum kratzten die Schlüsselbunde im Laufe der Jahre seichte Kreise in das harte Eichenholz. Die Türe aus Kindertagen war grün und weiß gewesen mit einem von der Mitte ausgehenden Rautenmuster und einem Metallklopfer, der ächzte, wenn man ihn anhob und gegen den Eisenknopf schlug. Ich kann mich nicht erinnern, dass diese Tür unter Tags jemals versperrt gewesen wäre. Unsere Haustüre stand vielmehr, wenn es die Witterung erlaubte, stets weit offen, genauso wie die dahinter liegende Küchentüre. Das Drinnen und das Draußen verschmolz zu einer Gesamtheit und lud Vorbeigehende ein, einen Gruß hineinzuschicken. Das schmutzige Wasser der Putzeimer wurde von der Haustüre aus mit Schwung auf die Straße geschüttet.

Es wurde viel gerieben und gewischt von den Frauen, weil die Männer ihre schweren Schuhe auch im Haus trugen. Meine Mutter arbeitete sich jeden Samstag auf einem alten Kissen kniend Meter für Meter durch die Stube und die Küche, so wie sie es von ihrer Mutter gelernt hatte. Sie führte das Stück gelbe Schmierseife in raschen Bewegungen über den Boden hin und her, tauchte die Reißbürste in den Wassereimer und rieb mit kreisrunden Bewegungen das Holz ab. Ich mochte die weichen, vom vielen Scheuern geglätteten Bretter, an deren Maserung man mit den Fingern bis zum nächsten Ast entlanggleiten konnte, ohne sich einen Schiefer einzuziehen. Die Äste des Holzes ragten wie kleine Knubbel hervor und die Murmeln rollten in Halbkreisen daran vorbei. Mit einem schweren grauen Waffeltuch, das klatschend auf die Seifenlache fiel, wischte sie das Schmutzwasser in schlangenförmigen Bewegungen auf. Ihr Kopftuch war mit je einer silbernen Schiebespange rechts und links oberhalb der Ohren festgesteckt.

„Schau, du nimmst den Fetzen so in der Mitte, zwischen Zeigefinger und Daumen der linken Hand", machte sie es mir einmal vor. Mit einer raschen Bewegung aus ihrem rechten Handgelenk wand sie das Wasser aus dem Tuch in den Eimer. Dabei wurden ihre Finger weiß und ihre Handrücken rot. Nach getaner Arbeit waren die Finger aufgeweicht und sie verteilte Nivea Creme auf ihre schrundigen Hände.

Als ich meine erste eigene Wohnung in der Stadt bezog, machte ich es genauso wie meine Mutter. Zweimal. Dann bemerkte ich, dass es keinen wirklichen Schmutz gab und kaufte einen Staubsauger.

Die Nasenspitze spürt den Schnee des kommenden Winters. Ich trete auf die Straße, die mehr ein Fahrweg ist als eine Straße. Der grobe Asphalt glänzt vom nächtlichen Frost. In den Schlaglöchern hat sich über Nacht eine filigrane Eishaut gebildet. Darunter kann man Steinchen und verwelkte Blätter ausnehmen. Vorsichtig drücke ich die Spitze meines Stiefels gegen das Eis. Beim behutsamen Berühren quietscht es wie unter Schmerzen mit einem zähen Widerstand, bevor die Oberfläche birst und die spitzen Splitter wie die Scherben eines feinen Glases aus dem jetzt mit aufgewirbeltem Schlamm vermengten Wasser ragen.

Alles hier ist mir vertraut, jeder Zentimeter, obwohl ich nur noch gelegentlich hierherkomme. Die Wege und Wiesen, die Bäume und Häuser, die in der Kindheit beseelt wurden, werden einem niemals fremd. Wir Kinder nahmen die Welt draußen im Freien mit scheinbar endloser Zeit für uns in Anspruch, meist mit geschäftigem Treiben und zuweilen in süßer Langeweile, die uns mit dem ganzen Körper noch tiefer eintauchen ließ in eine Welt, die von den Erwachsenen ungeahnt blieb. Mit den Jahren nahm ich die Dinge um mich herum mehr und mehr mit den Augen und später vor allem über die Sprache wahr. Die Erinnerungen der Kindheit hingegen sind zuallererst haptische und olfaktorische.

Das Ziehen in Armen und Schultern, wenn ich mich an langen biegsamen Buchenästen über einen Wassergraben auf die gegenüberliegende Seite schwang und dort in den modrigen Buchenblättern landete. Kleine Erhebungen und Unebenheiten, die auf dem Gesäß schmerzten, wenn ich mit einem Plastiksack über die holprige, vorher mühselig niedergetretene Schneepiste rutschte. Die Spitzen der Halme, die mir durch die Bluse in den Rücken stachen, wenn ich im duftenden Heustadel lag und die feinen Staubteilchen beobachtete, die in den Sonnenschlitzen schwebten. Die kühle, beinahe saugende Oberflächenspannung des Wassers von Pfützen an den flach aufgelegten Handflächen.

Mit jeder Erhebung auf dem Feld, mit jedem noch bestehenden Pfad, sind ein Körpergefühl und eine Geschichte verbunden. Doch viele Pfade verschwinden langsam. Einige der Wege durch die Wiesen werden nicht mehr genutzt und wachsen zu. Sie zeichnen sich nur noch durch eine Andersfärbung des Grases ab. Die Menschen gehen nicht mehr zielgerichtet zu Fuß quer über das Feld, um an einen bestimmten Ort zu gelangen. Zu Fuß geht man nach Feierabend oder sonntags. In den letzten Jahren joggen auch manche der jungen Dorfbewohner, doch es passt nicht ins Bild und wird von den Älteren mit Unverständnis belächelt, genauso wie die Exerzitien-Urlauber, die nachmittags mit ihren Nordic-Walking-Stöcken die kleinen Straßen entlang staksen, als ob sie sich vorwärts kämpfen müssten.

Beim sonntäglichen Spazierengehen zelebriert man noch heute wie vor fünfzig Jahren die Zeit nach der Mittagsruhe und benützt die dafür vorgesehenen Wege und Straßen. Die althergebrachten Abkürzungen, die quer über Wiesen und durch kleine Haine führten, werden nicht mehr gebraucht. Dort und da wurden in den letzten Jahren, die Wegerechte missachtend, Mauern und Zäune um die Grundstücke herum errichtet, um andere am Durchgehen zu hindern, und die Pfade mitsamt ihren Geschichten gingen damit unwiederbringlich verloren. Als ich ein Kind war, hatten die Wohnhäuser keine Zäune, keine Mauern und keine Gartentore. Nur die Schuhfabrik und die herrschaftlichen Häuser hatten Zäune. Die Schuhfabrik war mit einem hohen Maschendraht eingezäunt und die Herrschaftshäuser hatten lebende Zäune aus Buchen oder manche sogar Mauern aus Stein. Das Haus des Herrn Generaldirektors, wie er genannt wurde, hatte einen Gitterzaun und davor noch einen lebenden Zaun aus jungen Tannen. Im Mai pflegte meine Großmutter mit einem rostbraunen Emaille-Topf an der Außenseite des Zauns entlangzugehen, um die jungen Triebe der Tannen abzurupfen. Sie sammelte die kleinen zartgrünen Enden, die noch nicht allzu fedrig waren und auf Augenhöhe wuchsen, dort wo die Hunde nicht hinpischen konnten. In einem großen Einmachglas schichtete sie dann die Wipferl mit gleichen Teilen Kandiszucker und ließ sie zwei Monate auf der Fensterbank in der Sonne reifen. Den fertigen honigbraunen Saft seihte sie ab und bewahrte ihn im dunklen Keller als Hustenmedizin für den kommenden Winter auf.

Wir lugten manchmal durch die schütteren Stellen des Tännlingzaunes auf den mitten in der flachen Wiese stehenden Bungalow. Es waren die zugezogenen Neureichen, die Bungalows mit Terrassen und Swimmingpools hatten. Aber es war einsam hinter den Zäunen und für uns Kinder immer auch ein wenig schauerlich, weil wir diese Menschen nicht kannten. Nicht wie alle anderen angestammten Männer und Frauen im Dorf, die wir ehrfürchtig grüßten und die wir mit Namen kannten. Nicht nach Familiennamen, sondern nach Hausnamen, manchmal mit Beinamen. Der hupferte Hauser, die Schmied Nanni, der alte und der junge Schlager. Zugezogene Menschen waren namenlos und wurden als der Mann von der Voller Vreni oder die, die im Hirter Häusl wohnt, bezeichnet. Sie gingen nicht zu Fuß, sondern fuhren mit ihren Autos in die Stadt zur Arbeit und kehrten abends in ihre Garagen zurück. Diese Leute hatten keine Referenz, keinen Bezugspunkt, keine bekannte Bezugsperson, über die sie in diesem Netz zugeordnet werden konnten.

Wie auf einer Landkarte hatte ein jeder und eine jede sonst im Dorf einen festen Platz und alle Dorfbewohner waren wie durch starre Linien verbunden. Der einzelne im Ort galt weit mehr als der erste Eindruck, das erste Bild, das man sich von einem Menschen macht. Jedem Dorfbewohner haftete ein Haus, ein Hausname, ein Stammbaum an, und damit alle Eigenschaften, die die Vorfahren ihm aufbürdeten und die an ihm klebten wie Pech. Der Sohn des Großbauern wurde wieder Großbauer und der Sohn des trinkenden Hilfsarbeiters trat in dessen Fußstapfen. Nicht der Einzelne war seines Glückes Schmied, nein, seine Herkunft bestimmte das Fortkommen und vor allem auch den zukünftigen Ehepartner und die Stellung in der Gesellschaft. Dies war ein besonderes Unglück für all jene, deren Vorfahren trunksüchtig, müßig oder jähzornig waren, die schon einmal gestohlen hatten oder ihre Kinder rotzig herumlaufen ließen. Sie mussten viel Mühe aufbringen, um das ihnen anhaftende Erbe loszuwerden.

Wenn es denn einer wagte, aus dem Schatten des Vaters oder der Großmutter herauszutreten, wurde dieser argwöhnisch beäugt und jede seiner Taten wurde einer besonderen Prüfung unterzogen. Und wenn es ihm schließlich gelang, sein Vermächtnis zu retten und das Erscheinungsbild seiner selbst und des vormals elterlichen Anwesens den ungeschriebenen Gesetzen anzupassen, dann wurde er ausdrücklich gelobt: „Wie fleißig der Bub vom Tommerl doch ist, und wie schön er das Haus hergerichtet hat." Doch das Lob war dergestalt, dass er erst recht wieder an seine Wurzeln erinnert wurde, weil er es nicht wegen, sondern trotz seiner Herkunft geschafft hatte.

Ich wuchs als Tochter eines trinkenden Habenichts auf, dessen Familie Grund und Boden verschlampt hatte.

„Bis auf die Grundmauern des Hauses war der Boden von deiner Großmutter verkauft worden", merkte meine Mutter oft verbittert an und warf mir dabei in ihrem geübten Unterton vor, dass ich wohl eines Tages ebenso wenig verantwortungsvoll mit Besitz verfahren würde. „Sie konnte mit Geld überhaupt nicht umgehen und ich musste jahrelang hart arbeiten, um ein wenig Grund und Boden zurückzukaufen. Nicht einmal einen Schritt konnte man aus dem Haus machen, ohne auf fremdem Grund zu stehen. Wie kann denn so etwas überhaupt erlaubt sein?"

Dass ein raffgieriger Notar aus der Stadt die Notlage einer bedürftigen Witwe nach dem Krieg ausgenutzt hatte und zwei Hektar ebene Wiese in bester Lage für einen Apfel und ein Ei erworben hatte, kam ihr nicht in den Sinn. Sie schimpfte und zeterte lediglich, dass von dem Geld nichts mehr übrig war, weil meine Großmutter verschwenderisch gewesen sei.

Menschen meiner Herkunft wurden im Dorf niemals offensichtlich von oben herab behandelt oder diskriminiert, aber in den Zwischentönen und Untertönen, in den Gesten und Blicken spürte ich es immer, dass ich weniger wert war, ja dass kein wirklicher Wert auf mich gelegt wurde. Und wenn andere keinen Wert auf dich legen, legst du auch selbst keinen Wert auf dich. Noch heute prägt mich diese Bürde im Umgang mit anderen Menschen. Und obwohl ich in der Menschensuppe der Stadt lebe, blieb die Vorsicht, mit der ich auf andere zugehe, und ich hadere stets mit dem Gefühl, nicht würdig zu sein, respektiert zu werden.

Glücklich jene, die mit einem kollektiven oder familiären Bewusstsein aufwachsen, etwas Besonderes zu sein. Ich habe oft versucht, mir vorzustellen, ja mehr noch, mich hineinzufühlen, wie es wäre, einem geachteten Familienstamm anzugehören, oder Abkömmling eines auserwählten Volks zu sein, zum Beispiel Jüdin zu sein. Es käme mir nicht darauf an, andere zu entwerten, um mich aufzuwerten, sondern stolz darauf zu sein, hohen Ansprüchen gerecht zu werden und Kopf und Schultern aufrecht zu halten. Und obgleich mein Verstand mir sagt, dass es dort und da gute und schlechte Menschen gibt, kann ich bei diesen ungelenken Versuchen doch für einen Moment erahnen, wie erhebend es sich anfühlen würde und mit welch wohltuendem Gefühl der Sicherheit und Zugehörigkeit ich gestärkt wäre. Es ist, als ob man sich in einem fremden Kleid vor dem Spiegel drehen und betrachten würde, wissend, dass man es doch wieder ablegen muss.

Vielleicht war es gerade diese im Dorf - wenngleich unausgesprochene - aber strikt geltende Zugehörigkeit zu einer Schicht, die es für alle ungefährlich machte, sich quer durch alle Hierarchien zu bewegen, miteinander am Wirtshaustisch zu sitzen und sich zu unterhalten. Jeder konnte sich seiner Stellung sicher sein und hatte seinen zugewiesenen Platz. Es war unnötig, sich durch Gehabe abzugrenzen.

Für den Doktor, den Lehrer und den Pfarrer wurde beim Frühschoppen immer vorne ein Tisch in der Nähe des Rednerpultes und der Musikkapelle freigehalten.

Aus der Masse der Leute konnte sich bei diesen Veranstaltungen aber auch jener hervortun, der unterhaltsam Witze erzählen konnte, meist ein trinkfreudiger Geselle mit Kugelbauch, roten Pausbacken, einem schelmischen Grinsen und mit lauter Stimme.

Innerhalb dieser über Generationen gewachsenen Struktur waren keine Neuen oder Zugezogenen vorgesehen. Wer sich einen festen Platz schaffen wollte, musste ihn sich verdienen, ja sogar erdienen, Vertrauen wecken und Anerkennung erarbeiten. Sich einzuordnen und eingeordnet zu werden, dauert so lange wie jemand lebt.

Das fiktive Sozialkonto, demgemäß jeder nach seinen für die Gemeinschaft wertvollen oder nachteiligen Taten eingestuft wird und dementsprechend belohnt oder bestraft wird, besteht seit Jahrhunderten in den dörflichen Gemeinden und wirkt wie ein ungeschriebenes Gesetz für die Bewohner, dem niemand entrinnen kann. Es galt in den kleinen Gebirgsorten, lange bevor es in China zum Programm wurde. Wer einmal gestohlen hat, wird zeitlebens argwöhnisch beäugt. Homosexualität existiert nicht, weil nicht sein kann, was nicht sein darf. Und die Frau in reiferen Jahren, die sich in der Pfarre engagierte, musste wohl ein Verhältnis mit dem Priester haben. Dass sie ein mongoloides Kind zur Welt brachte, war der untrügliche Beweis dafür und göttliche Strafe zugleich. Geheimnisse werden zu Lügen und Lügen werden zu Geheimnissen. Der soziale Mord ist kein neues Phänomen der sozialen Medien. Er wurde schon immer und wird nach wie vor leichtfertig begangen. Gelegentlich führt er zum Freitod. Darüber lässt sich trefflich schweigen. Und jedem, dem das System unerträglich ist und zum Symptomträger wird, hat es – wie die Leute es nennen – mit den Nerven.

Es war einsam hinter den Zäunen der Referenzlosen. Die Besseren, wie sie auch genannt wurden, gewährten wenig Einblick, weder in ihre Häuser noch in ihre Herzen.

Jedoch in einem einzigen Sommer schien es plötzlich nicht mehr unheimlich hinter dem Zaun des Generaldirektors zu sein. Es war in dem Sommer, in dem seine Frau ein Rehkitz großzog. Es musste seine Mutter verloren haben oder vielleicht hatte er sie erlegt. Doch wer fähig war, sich eines verwaisten Tieres anzunehmen, konnte vielleicht doch nicht so schlecht sein. Sie war eine stille Frau mit blond gefärbten und sorgfältig gesprayten Haaren und in hohem Bogen aufgemalten Augenbrauen, die nur gelegentlich beim Einkaufen im Ort gesehen wurde.

Manchmal näherten wir uns, um das Rehkitz genauer zu betrachten. Es war neugierig und kam auf seinen zierlichen Beinchen, die an X-Beine erinnerten, an den Zaun heran, schnaubte leise, um unseren Geruch aufzunehmen.

Wir pflückten die frischesten Blätter, Löwenzahn und Gänseblümchen, um das Tier anzulocken, aber es nahm nichts aus der Hand und sobald man sich bewegte, sprang es schreckhaft zurück. Sein Äser war sanft, dunkelbraun und feucht und seine Wimpern waren so lange und schön geschwungen wie die von Zsa Zsa Gabor.

Ich gehe die schmale, gekrümmte Straße hinunter, auf der ich Radfahren gelernt habe. Meine Mutter, füllig und mit glühendem Gesicht, hielt den unteren Rand des Sattels fest, schob und balancierte das neue rote Fahrrad mit den weißen Gummireifen und lief so mit mir immer wieder die Straße hinauf und hinunter, meist zu langsam, manchmal zu schnell. „Nicht so schief, halte mich nicht so schief", schrie ich und war wütend auf sie, weil sie mich festhielt und zornig über mich, weil ich sie brauchte, um nicht zu stürzen. Und freilich hatte ich Angst, dass sie loslassen könnte, bis sie es schließlich tat, und ich mich nach dem ersten Schrecken unendlich frei fühlte. Jetzt konnte ich Radfahren, so wie die großen Nachbarsbuben und sie würden mich nicht mehr zurücklassen.

Später fuhr ich manchmal mit dem schwarzen Waffenrad meines Vaters - gekrümmt unter der Stange, weil es riesig war - und stürzte damit in die Brennnesseln. Doch die Quaddeln verschwanden bald wieder und waren bei weitem nicht so schlimm wie das Gelächter der anderen Kinder.

Das Einzige, was noch schmerzhafter als Brennnessel war, waren die Bisse der Waldameisen, wenn man versehentlich in ihr Nest trat. Die kleinen roten waren die Übelsten. Ihre Stiche übersäten die Beine mit unzähligen Bläschen, die wie Feuer brannten. Die zerstochenen Beine in den Grander hängen zu lassen, bis sie vom eiskalten Quellwasser taub waren, war das einzige, was Linderung bot.

Mein Vater saß immer schief auf seinem Waffenrad und das nicht nur, weil er dem Alkohol gerne zusprach. Ich konnte ihn so schon von weitem erkennen. Sommers wie winters in Knickerbocker Hosen, gestrickten Stutzen, Wollpullover und Steirerhut. „Was gut gegen Kälte ist, ist gut gegen Hitze", meinte er. Ein Ellbogen stach weit hinaus und auf der anderen Seite streckte er, wie zum Ausgleich, eine Fußspitze leicht nach außen. Er konnte den Arm nicht recht beugen oder strecken, was ihm beim Anheben des Weinglases beinahe eine grazile Haltung verschaffte. Als Kind war er vom Apfelbaum gefallen, hatte er mir erzählt, und dabei meinen Mittelfinger auf das neben dem Ellbogen eine Beule formende Knochenstück gelegt. Auch das Arbeiten und Schreiben ging er mit dieser schiefen Körperhaltung an. Er wäre wohl auch so Auto gefahren, hätten wir denn eines besessen.

Doch weder mein Vater noch meine Mutter hatten jemals Autofahren gelernt. Für meine Mutter, die die Haushaltsfinanzen an sich zog, nachdem sie die Familie meines Vaters für unfähig hielt, mit Geld vernünftig umzugehen, hatte nicht den Mut, sich hinter das Steuer zu setzen. Sie zollt heute noch jeder Frau Respekt, die die Tapferkeit besitzt, sich mit einem Wagen alleine weiter als bis zum nächsten Dorf zu wagen. „So weit! Mit dem Auto? Ganz alleine? Um Himmels willen!"

Nur eine Handvoll Frauen im Dorf hatten einen Führerschein und ein Auto. Diejenigen, die es wagten, mussten spöttische Bemerkungen der Männer über sich ergehen lassen.

Ottilie, eine Freundin meiner Mutter, maß gerade einmal einen Meter fünfzig und fuhr einen VW Käfer. Sie konnte kaum über den Rand der Windschutzscheibe hinaussehen, brauchte ein Kissen und schien sich am Lenkrad immer ein wenig nach oben ziehen zu müssen. Sie war von Natur aus fahrig und Autofahren schien ihre Nerven noch mehr zu strapazieren. Um zu verhindern, dass das Fahrzeug beim Anfahren abstarb, ließ sie den Motor laut aufheulen und die Kupplung langsam schleifen. Eines Tages, kurz nach ihrer Abfahrt von unserem Haus, hörten wir einen lauten Knall. „So, nun ist sie irgendwo dagegen gefahren", kommentierte meine Mutter trocken, so als hätte sie es immer schon geahnt, dass das eines Tages passieren würde. Wir liefen durch das kurze Waldstück und fanden Ottilie in Tränen aufgelöst. Sie hatte das Gaspedal mit dem Bremspedal verwechselt und mit Schwung den Gartenzaun samt Apfelbaum der benachbarten Witwe Züla gefällt. Fassungslos starrte sie auf ihr Auto, dessen Motorhaube sich unter der Last des Baumstammes in der Mitte gefaltet hatte. Die Blechteile ragten wie zwei Flügel rechts und links davon empor.

Renate, eine Küchenhilfe und Arbeitskollegin meiner Mutter, war eine beherztere Autofahrerin als Ottilie. Von hinten betrachtet, hätte man eher vermutet, dass sie ein Mann wäre. Stets trug sie Kniebundhosen, gestrickte Stutzen, Haferlschuhe, ein kariertes Hemd und einen Steirerhut, unter dessen Rand sich ein paar mittelblonde Löckchen herauskämpften. Ihre Beine mit den strammen Waden formten veritable O-Beine und ihr Gesicht war leicht schief vom schelmischen Hochziehen eines Mundwinkels sowie vom Zusammenkneifen des Auges auf derselben Seite. Durch ihr einseitiges Gesicht sah sie stets heiter aus. Alleine den Bauernhof ihrer Eltern bewirtschaftend, war sie zeitlebens unverheiratet geblieben. Sie hatte den Beifahrersitz ihres R4 ausgebaut, um stattdessen den Schweinefutterbottich vom einzigen Hotel des Ortes nach Hause zu transportieren. Wenn sie uns mitnahm, saßen wir auf der Rückbank. Der säuerliche Geruch des halbflüssigen Breis, der in jeder Kurve im Fass hin und her schwappte, erfüllte das Fahrzeug mit einem erbärmlichen Gestank, der sich im Fond des Wagens ganz besonders festsetzte. Ich befürchtete jedes Mal, in den Bottich erbrechen zu müssen.

Ich hasste es, dass wir ständig mit anderen mitfahren mussten und auf das Wohlwollen von Nachbarn oder Freunden angewiesen waren. Besuche bei Fachärzten in der Stadt oder ausgefallene Einkäufe gestalteten sich schwierig und mussten lange im Voraus geplant werden. Ein Blinddarmdurchbruch wäre mir beinahe zum Verhängnis geworden, weil keiner zur Verfügung stand, der mich unverzüglich ins Krankenhaus hätte bringen können.

Meist nahmen wir den Autobus und meine Mutter hatte die Gabe, stets im letzten Abdruck das Haus zu verlassen. Wir nahmen die Abkürzung über die Wiese zur Hauptstraße, an der der Postautobus vorbeikam und sie winkte dem Chauffeur, der bereitwillig anhielt. Wir saßen auch immer ganz vorne in der ersten Sitzbank, von der aus meine Mutter mit dem Chauffeur plaudern konnte. Insgesamt gab es nur drei Chauffeure auf der örtlichen Strecke, die sich abwechselten - den Kiefer Franz, den Sprengblöcker und den Riedler. Der Kiefer Franz war eine Seele von einem Autobuschauffeur und oft nachsichtig mit dem Fahrpreis, wobei er mit seinen von Lachfalten umrahmten Augen zwinkerte. Einmal, als ich meine Schultasche nach einem Besuch bei meiner Tante vergessen hatte, kehrte er sogar mit dem Postautobus um, sodass ich sie holen konnte.

Bei weitem nicht alle hatten ein Auto, aber jeder hatte ein Fahrrad. Obwohl Fahrräder beinahe einen Monatslohn kosteten, besaß niemand ein Fahrradschloss. Dabei konnte es einem durchaus passieren, dass das sorglos über Nacht an eine Hausmauer oder einen Zaun angelehnte Fahrrad nicht mehr da war, wo es zurückgelassen worden war. Finden konnte man es jedoch immer irgendwo, wenn auch an einem ganz anderen Ort. Dann hatte es eben jemand gebraucht, aber niemals gestohlen. Derjenige wird schon einen Grund gehabt haben, war die gleichmütige Einstellung. Es wäre niemanden in den Sinn gekommen, ein Fahrrad zu klauen. Wozu auch. Man wäre damit ohnehin nicht unerkannt geblieben und die üble Nachrede hätte einen verfolgt wie ein Schatten.

Der alte Brunner, der in seiner Werkstatt allerlei Werkzeuge und Maschinen reparierte, war zudem Fahrradhändler und mit seiner Reparaturwerkstatt eine unverzichtbare Instanz im Dorf. Er konnte es sich erlauben, dem Hilfesuchenden gegenüber ruppig zu sein und ungefragt Unmut über seine und die Weltlage zu äußern, weil er, wenn es vonnöten war, ein Fahrrad auch pflichtbeflissen auf der Stelle reparierte. Dabei fluchte er unablässig über die mangelnde Sorgfalt und nachlässige Pflege des betreffenden Fahrradhalters, seinem Ärger durch wiederholtes Räuspern und geräuschvolles stakkatoartiges Einziehen der Luft in die vom Schnupftabak geschwärzten Nasenlöcher Ausdruck gebend. Als am Fahrrad meine Mutter eines Tages eine bedrohliche Blase neben der Fahrradfelge herausquoll, ersuchte sie ihn, den Reifen zu reparieren. „Das Fahrrad jeden Tag gebrauchen, aber so nachlässig sein, es nicht zu pflegen, und schon gar kein Geld für ein neues ausgeben wollen", schimpfte er vor sich hin. „Es tut mir leid, diesen Monat geht es mit dem Geld schwer aus, aber nächsten Monat kaufe ich mir ein neues bei dir, bestimmt", entschuldigte sich meine Mutter. Er reparierte den Reifen, während sie wartete und stellte das Fahrrad wortlos mit Schwung vor ihr ab. Ihre Frage, wie viel sie schuldig sei, beantwortete er mit einem knappen: „Nix", drehte sich um und verschwand wieder in seiner Werkstätte.

Er teilte das Erdgeschoss seines Hauses mit dem Schuster, der, weil gleichzeitig Trafikant, stets eine „Dreier" im Mundwinkel eingeklemmt hatte. Vor dem aufsteigenden beißenden Rauch schützte er das Auge beim Arbeiten, indem er den Kopf leicht schräg hielt und das tränende linke Auge zusammenkniff. Sogar wenn er einmal nicht rauchte, war dieses Auge merklich kleiner.

Überhaupt waren die alteingesessenen Geschäftsleute im Dorf recht ursprünglich und hielten nicht zurück mit teils ironischen, teils sarkastischen Bemerkungen. Sie mussten nicht befürchten, dass ihnen Kundschaft abhandenkommen könnte. Beim Obst- und Gemüsehändler wagten es nur vereinzelt Kunden zwei Birnen oder eine Orange zu ordern. Er quittierte derlei Ansinnen mit einem unwirschen „Warte bis du Hunger hast, dann kommst´ wieder" und ging, ohne diejenige mit einem weiteren Blick zu würdigen, zur nächsten Kaufwilligen über. „Probieren ist etwas für Fretter", meinte er abschätzig.

Der Fleischhauer war indes ein gütiger, wenn auch strenger Mann, der den Kindern immer eine Scheibe von der großen Extrawurst gab, indem er mit einer langen Fleischgabel ein Scheibchen aufspießte, einrollte und über die Theke reichte. „Wie sagst denn da?", übte meine Mutter bei dieser Gelegenheit mit mir die Höflichkeit.

Und weil er gütig und streng zugleich und darüber hinaus wohlhabend war, wurde er auch zum Bürgermeister gewählt. Meine Mutter hielt mich scherzhaft an, ihn mit den Worten „Guten Morgen Herr Bürgermeister" zu begrüßen, wenn wir die Fleischhauerei betraten. Es war ein eingespieltes Ritual, wenn er dann mit tiefer Stimme schmetterte: „Wer zu mir Bürgermeister sagt, kommt in den Gemeindekotter". Dabei lachte er und sein praller Wanst hüpfte auf und ab. Es war ein schön-schauriges Gefühl, denn so ganz sicher war ich mir nie, ob nicht doch etwas Wahres dran sein könnte. Seine Spezialität war Beuschel, das wir montags in einer alten Milchkanne bei ihm holten. Er bot auch andere Innereien, die heute aus den Fleischregalen verschwunden sind, als Leckerbissen an. Hirn und Kalbsbries waren ebenso begehrt wie Nieren und Leber. „So ein Tier hat eben nur zwei Filets", pflegte er zu antworten, wenn die Nachfrage nach dem Sonntagsbraten zu groß war. Je stärker der Tourismus über die Jahre hinweg anwuchs, desto weniger zarte Stücke gab es für die Dorfbewohner zu kaufen.

Neben den Geschäftsleuten war auch der Gemeindearzt ein Original, der nichtige Beschwerden älterer Damen mit der Bemerkung „Ja irgendwo muss der Tod ja anfangen" abtat.

Doch auch sich selbst gegenüber schien er nicht zimperlich zu sein und verspeiste nach entsprechendem Alkoholgenuss sowohl Katzenfutter aus der Dose als auch einmal sein eigenes Erbrochenes mit den Worten „Jetzt friss´ ich's bis es mir bekommt!"

Rundherum die Berge und mächtige Fichten, soweit das Auge reicht. Bei starkem Wind biegen sie sich schwerfällig, wanken wie Betrunkene und lassen ihre Äste Gespensterarmen gleich flattern. Dabei hauchen sie und pusten, zischen und knarren.

Bei Unwettern lag ich oft starr im Bett, wenn die alten Riesen rauschten, wilde Schatten an die Decke des Zimmers warfen und die Dielenbretter knarrten. Sie schienen sich besonders zu gebärden, wenn ihnen die Föhnstürme im Winter den weißen Pelz abzogen und den einen oder anderen entwurzelten.

Jetzt im Spätherbst stehen die Fichten still und dunkelgrün. Sie lassen die Berge düster, ja fast schwarz erscheinen. In der Ferne das schroffe, felsige Gebirge, dessen Spitzen sommers wie winters kantig dastehen und grimmig herunterblicken. Nur die Sonne kann ihnen an schönen Sommerabenden mit ihren Orangeschattierungen und Rosatönen etwas Leben einhauchen. Obwohl ich hier aufgewachsen bin und ich es als Kind nicht so empfand, bedrücken mich heute die düsteren Fichtenwälder und die unwirtlichen Berge. Sie bedrängen mich und lassen mich nicht atmen.

Einige der Täler erstarren den ganzen Winter über im Schatten der Berge und die steilen Hänge, die nur wenige Sonnenstunden zulassen, machen die Menschen schwermütig, manchmal so schwermütig, dass sie sich das Leben nehmen.

Mir scheint, die Menschen werden missmutig und misstrauisch dem Leben gegenüber, wenn sie von der Natur nicht verwöhnt und genährt werden und ihr jahrein jahraus das Lebensnotwendige abringen müssen. Da ist kein Platz für Verspieltheit und Leichtigkeit, für Feinsinniges oder Ästhetisches. Nicht einmal die Tänze sind beschwingt und grazil. Dicke Waden poltern mit schweren Schuhen auf hölzernen Böden, die Frauen klatschen ihre Schwielen aufeinander und die Männer schlagen ihre furchigen Hände auf die Oberschenkel in speckigen Lederhosen.

Diese Schwermut der Natur überfällt mich an trüben Tagen aus dem Hinterhalt und hängt sich auf meinen Buckel wie eine Kraxe. Die düsteren, stacheligen Nadelwälder, in denen die Bäume die Äste wie geplagte Greise hängen lassen, lassen auch meine Arme schwer werden.

Meine Seele öffnet sich hingegen in Laubwäldern mit federleichten, im Wind tanzenden hellgrünen Blättern. Mein Kopf braucht das weite Land, sanfte Hügel und die Wolken in der Ferne, um die Gedanken schweifen zu lassen. In der Ebene und ganz besonders am Meer, wo ich den Blick ungezähmt wandern lassen kann, fühle ich mich wohl. Da sehe ich Außen, was meinem Inneren entspricht. Hier im Gebirgstal fühle ich mich wie ein Findelkind der Natur, das das Gefühl nicht loswird, bei den falschen Eltern aufgewachsen zu sein.

Aber nicht nur der Anblick macht mich melancholisch. Jeder einzelne dieser Berge hat mehr als nur eine dunkle Geschichte und erinnert an Dorfbewohner, die bei Unfällen ums Leben kamen.

Auf dem Marienpfad des Hochkogels stolperte an Fronleichnam die Schuster Reserl aus der Gruppe der Gläubigen vor aller Augen vom Wanderweg in den Abgrund und erschütterte damit deren Gottesglauben. Sie war eine ehrfürchtige Kirchgängerin gewesen, eine die sonntags Fürbitten vorlas.

Am gegenüber liegenden Hang fiel ein junger Vater mit dem Hängegleiter vom Himmel und hinterließ eine Frau und vier kleine Kinder. Ein Querkopf mit zotteligem Haar, der sich weder den Normen noch der Natur gebeugt hatte.

Weiter südlich im Hochgebirge, im steilen felsigen Aufstieg zum Großkar, erfror im Spätherbst vor fünfzehn Jahren ein guter Freund, der sich nach einem langen Arbeitstag kurz zur Rast gesetzt hatte und erschöpft einschlief. Es hieß, er habe ein Lächeln auf den Lippen gehabt, als man ihn fand, denn irgendwann spürt man die Kälte nicht mehr und es wird einem ganz wohl.

Von einem der Felsvorsprünge am Südhang des Greinbergs stürzte sich vor gut zehn Jahren eine zugeheiratete junge Frau, Mutter zweier kleiner Kinder. Sie hatte es mit den Nerven, hieß es unter vorgehaltener Hand. Es sei ihr schon länger nicht gut gegangen, aber Genaues wisse man nicht. Die Leute im Ort möchten gerne glauben, dass sie gefallen sei, weil es nicht sein kann und nicht sein darf, dass sich jemand nicht aufgehoben fühlt, jemand der zugezogen ist.

Redeten die Frauen darüber, zogen sich die Mundwinkel bitter nach unten, beinahe so als müsse die Erzählerin erbrechen. Und es waren gerade die Frauen, die den Vorfall mit einem vorwurfsvollen Unterton erzählten. Wie konnte sie nur den Mann mit den Kindern alleine lassen, wo die beiden Kinder doch noch so klein waren.

Die Männer teilten das Ereignis einander mit hohler Fassungslosigkeit mit.

Depressionen und Ängste werden durch hilfloses Schweigen wie eine Fehlgeburt verscharrt. Man kann sich doch zusammenreißen. Oder kann man das doch nicht? Und wenn nicht, könnte es dann nicht jeden treffen, einfach so, aus dem Hinterhalt, ohne Vorankündigung und ohne Aussicht auf Linderung. Oder schleicht sich die Schwermut womöglich unbemerkt ein wie ein Siebenschläfer unter dem Dach? Nur nicht zu viel darüber sprechen, nur nicht zu viel nachdenken, fleißig sein und sonntags beten, dann wird einen der Herr schon verschonen. Wenn das Kratzen und Scharren in einer stillen Stunde doch zu hören ist, wem kann man sich dann anvertrauen? Es ist nicht einfach, unter den Leuten mit ihrer als Mitgefühl getarnten Neugier, Menschen zu finden, die sich vor ihrer Verantwortung nicht fürchten, um den anderen aus der

Einsamkeit, die einem die Luft zum Atmen nehmen kann, zu begleiten. Und wenn dann eine gerade das Gefühl des Aufgefangenwerdens ganz besonders brauchen würde und bei niemandem findet, kann es passieren, dass sie sich fallen lässt.

Der Greinberg direkt vor mir birgt viele meiner eigenen Geschichten, unbedeutend für das Dorf und dennoch prägend für mich, weil sie mich die Unbekümmertheit des Kindseins spüren lassen.

An einem prächtigen Herbsttag, ich muss etwa sechs Jahre alt gewesen sein, überquerten wir diesen Hausberg zusammen mit der Nachbarsfamilie. Die Mittagssonne hatte das Laub auf dem Boden getrocknet, doch beim Abstieg auf der anderen Seite stand die Sonne schon tief und die Kälte der kommenden Nacht war bereits in den schattigen Mulden zu spüren. Wir Kinder hatten nichts davon bemerkt, dass die Erwachsenen die Orientierung verloren hatten und machten uns einen Spaß daraus, auf dem dichten raschelnden Buchenlaub die steilen Hänge hinunterzurutschen, quer durch den Wald, abseits des markierten Weges. Erst in den Erzählungen der Eltern im darauffolgenden Winter sprachen sie über die Befürchtung, die sie gehegt hatten, dass wir unseren Weg nicht mehr finden würden und uns im unwegsamen Gelände verlaufen könnten.

Oft ging ich mit meiner Mutter den kurzen Weg hinauf zum Sonnenhang des Greinbergs. Dort konnte man auf der Lichtung die ersten Schneerosen finden und ab März die rotblauen Hänsel und Gretel Blumen sowie ein Meer von Himmelsschlüsseln. Ich zupfte die gelben Blüten ab und saugte den süßen Saft aus den Enden, während wir die Kamine des am Fuße gelegenen gräflichen Anwesens zählten. Grimmig sah das Haus der Grafenfamilie aus und schweigsam. Es zeugte von herrschaftlichen Zeiten, als es noch eine große Familie und Dienstboten beherbergte. Wir machten auch die mächtige Silbertanne aus, die im weitläufigen Park des Herrschaftshauses stand, von der wir im Winter einen Ast für unseren Adventskranz brechen würden. Und obgleich wir uns wie zwei Diebe in der Finsternis dorthin aufmachten, glich es mehr einem Streich, bei dem man sich nicht erwischen lassen sollte, als etwas Unrechtes. Einen Ast von diesem Baum zu nehmen war wie Ribisel vom Strauch des Nachbarn zu kosten, dem ohnehin noch reichlich verblieben. Der Baum war so mächtig, dass es nicht ins Gewicht fiel, wenn wir einen Zweig herausbrachen. Im Laufe der Jahre wurde es jedoch immer schwieriger, an die verbleibenden tieferen Äste zu gelangen, und meine Mutter hob mich auf ihre Schultern, sodass ich ein Ende zu fassen bekam, welches ich dann zu ihr hinunterzog.

In Jugendjahren kehrte ich immer dann an diesen sonnenverwöhnten Hang zurück, wenn meine Welt aus den Fugen geraten war oder mir das Universum ungerecht schien. Dann ließ ich mich auf den langen, umgeknickten und verwelkten Grashalmen nieder und klopfte eine Zigarette aus der zerdrückten orangen Flirt Packung, die man oben neben der Banderole aufriss.

Inzwischen ist die Lichtung mit dichtem Brombeerstrauchwerk verwachsen und es führt nur noch ein schmaler Wildpfad daran vorbei.

Derselbe Berg hat nahe dem Gipfel im Osten eine kahle Stelle, dort wo einst ein Feuer ausgebrochen war und die Feuerwehr im steilen Gelände wenig ausrichten konnte. Das gesamte Dorf war auf den Beinen, die einen um hinaufzugehen und Schutzschneisen anzulegen, die anderen, um das Spektakel vom Tal aus zu betrachten. Ich beobachtete das Inferno vom Schlafzimmerfenster meiner Eltern aus und spürte ebenso viel Angst wie Faszination beim Betrachten der orangen, roten und weißen Flecken, die sich wie Sonnenstürme ausbreiteten.

Dass dieser Berg das Wetter vorhersagen konnte, wussten alle im Dorf. Rauscht er hinten, kommt Schnee, rauscht er vorne, kommt Regen. Darauf ist Verlass.

Kommt der Gimpel zum Vogelhaus, wird es schneien. Ruft das Käuzchen drei Nächte lang vor dem Schlafzimmerfenster, wird jemand im Haus sterben. Von rohem Teig bekommt man Würmer, von kalten Füßen eine Blasenentzündung und von nassen Haaren Schnupfen, mit dem man sich keinesfalls in die Sonne setzen soll. Wenn du eine Warze hast, grabe ein junges Fichtenbäumchen bei Vollmond mit dem Wipfel nach unten in die Erde ein und die Warze wird dir abfallen, sobald die Spitze verrottet ist. Wipferlsaft ist gut gegen Husten. Und wenn der Kuckuck das erste Mal im Jahr schreit, scheppere mit deinen

Geldstücken im Geldbeutel, dann wird dir das Geld im kommenden Jahr nicht ausgehen. Hänge die Wäsche niemals in Raunächten auf, denn die wilde Jagd könnte sich darin verfangen, gehe stattdessen mit Weihrauch durch das Haus und schreibe dabei an Heiligendreikönig C+M+B an jede Tür. Erzähle deine schlechten Träume unter keinen Umständen vor dem Frühstück, sonst werden sie wahr - ich weiß nicht, warum ich das nicht mit den guten Träumen versucht habe, von denen man sich wünschte, dass sie wahr würden.

Glaube und Aberglaube, Bewährtes und Törichtes. Manches hinterfragen wir ein ganzes Leben lang nicht mehr und selbst wenn mich Verstand und Erfahrung eines Besseren belehren, bleibt auch heute noch ein unheilvolles Gefühl, wenn ich diese Regeln missachte.

Nasse braune Blätter kleben auf der Straße. Dazwischen überfahrene, verfaulte Zwetschgen. Es riecht modrig und es gärt. Es gärt wie um diese Zeit der Most in den großen Kunststofffässern.

Früher wurden die Fässer aus Holz gefertigt, die wir im Herbst mit kochend heißem Wasser ausbrennen mussten, um sie zu reinigen und wieder dicht zu bekommen.

„Der Bartholomäus gibt dem Obst den Geschmack, der Michael brockt es ab", pflegte mein Großvater zu sagen. So klaubten wir in der Herbstkälte Ende September das Pressobst - Äpfel und Birnen. „Nimm nicht zu viele Birnen, sonst haftet der Most am Gaumen", sagte er. Er wusch das Obst im Steingrander sauber und er meinte, dass deshalb sein Most der beste im Ort sei. Anschließend wurden die glänzenden Früchte im Maischer zerkleinert und der schnell braun werdende matschige Brei in Tücher gewickelt. Unzählige Male wurde der quadratische Holzrahmen aufgesetzt, das Tuch so platziert, dass die Spitzen an den Seiten herausragten. Wir füllten den Holzrahmen mit Maische und schlugen die Spitzen in der Mitte zusammen. Lage für Lage wurde auf diese Weise fortgefahren, bis eine Höhe von etwa siebzig Zentimetern erreicht war. Die hydraulische Presse klopfte sodann rhythmisch und drückte den goldenen Saft aus den Tüchern heraus in die Auffangschale, von der ein Schlauch in den Mostkeller hinunter führte. Dort lagen die Fässer dicht aneinandergereiht und mit Holzscheitern am Wegrollen gehindert.

Ganz hinten stand das Essigfass mit einem losen Holzdeckel, in dem die Essigmutter waberte.

Die Handschuhe und Gummistiefel bekamen einen braunen Überzug von den Saftspritzern und die Hände und Füße darin wurden taub in der Oktoberkälte. Unser Hund lag daneben auf den geleerten Jutesäcken. Bis spät in die Nacht ging die Presse mit ihrem hämmernden Geräusch und im Schein der Baulampe am Haken an der Holzdecke führten wir den Schlauch der Presse von einem Fass zum nächsten, bis alle gefüllt waren. Zu Weihnachten wurde das erste Fass angezapft, wenn der Most jung und spritzig war. Die Presszelten luden wir auf einen Anhänger und der Bauer fuhr sie in den Wald, um das Wild anzufüttern, das er dann im nächsten Herbst schießen würde.

Der Most war das Getränk während der Arbeitswoche. Most wurde in unserem Haus, wie in vielen anderen, jeden Tag getrunken, zu Mittag und zu Abend und um den Durst zu löschen. Bier oder Wein trank man im Gasthaus und der Schnaps war für Besucher sowie für die Sonn- und Feiertage vorbehalten. Allerdings trank meine Großmutter mütterlicherseits jeden Morgen einen Schluck aus der Schnapsflasche, die sie auf dem Boden ihres Kleiderschrankes aufbewahrte. Es sei gut für ihren Magen, der mache ihr zu schaffen, pflegte sie sich zu rechtfertigen. Wenn man acht Kinder großzieht und einen Bauernhof bewirtschaftet, sei einem dies geschenkt.

Für unseren Nachbarn Sausböck, der als Maurer arbeitete, war Most ein unverzichtbarer Teil seiner täglichen Jause. Er verließ das Haus stets früh morgens mit seiner speckigen braunen Aktentasche. Die Riemchen an den Silberschnallen ringelten sich nach außen und der Henkel war durch jahrelanges Tragen schwarz geworden. Auf jeder Seite der Deckellasche ragte eine grüne Dopplerflasche gefüllt mit Most heraus. Dazwischen waren die Jausenbrote gepackt. Er pflegte aus der Flasche zu trinken, indem er den Korken aus einer Flasche herauszog, und diese, ohne die Flasche herauszunehmen, samt Tasche anhob. Einmal kippte er den ersten Doppler so weit nach hinten, um den Rest des kostbaren Mosts zu leeren, dass sich unter dem Druck in der anderen, noch vollen Flasche, der Stöpsel löste, und sich der Inhalt über sein Haupt und das grob karierte Flanellhemd ergoss. „Kreizkruzifix, Badhur elendige, grauslige, ja gibt's denn des a, a so a Krucka a verdammte", fluchte er nach alter Manier, nahm das verklebte Stofftaschentuch aus seiner Hosentasche und rieb sich damit energisch Haar und Nacken. Beim Faschingsumzug im kommenden Frühjahr wurde er damit zur Parodie.

Doch er war nicht der Einzige, der in den Faschingsumzügen verrissen wurde. Vereine und Ortsgruppen nahmen die jeweiligen privaten oder lokalpolitischen Ereignisse zum Anlass, diese aufwändig darzustellen. Auf großen Traktoranhängern oder umgebauten Fahrzeugwracks wurden die Szenen des vergangenen Jahres nachgestellt. Für mich war das jährliche Spektakel immer lustig und schaurig zugleich. Der Gestank und der Lärm waren manchmal unerträglich und ich fürchtete mich vor den Feuern und Explosionen, die aufgrund des massiven Alkoholkonsums der Teilnehmer nicht selten außer Kontrolle gerieten. So gut wie jedes Jahr gab es daher Verletzte, manchmal auch schwere Verbrennungen. In späteren Jahren wurde der Brauch, Süßigkeiten von den Wagen zu werfen wohl von den Kölner Karnevalsumzügen übernommen, wodurch vor allem die Kinder angelockt wurden, die viele der politischen oder anzüglichen Späße und Aufschriften ohnehin nicht verstanden.

In einem Jahr, ich muss etwa zehn Jahre alt gewesen sein, war eine gewagt konstruierte ′Mädchenmühle′ Teil des Umzuges. Die jungen Männer fingen unter den Zuschauerinnen die jungen Mädchen – vornehmlich Jungfrauen oder solche, von denen es vermutet wurde - ein und warfen sie hoch oben in einen großen schwarzen Trichter. Ich erinnere mich noch, wie mich ein als Clown geschminkter Bursch verfolgte und mich fangen wollte. Ich war in heller Panik und lief so schnell wie mich meine Beine tragen konnten. Als er mich verfolgte, rutschte er auf dem vom Winter auf der Straße verbliebenen Kies aus. Die Tatsache, dass er offenbar schwer betrunken war, versetzte mich umso mehr in Angst. Ich gewann einen ausreichenden Vorsprung, weil er mit seinen übergroßen schwarzen Schnürstiefeln nicht flink laufen konnte. Schließlich konnte ich mich im Schuppen eines Hauses verstecken, bis er aufgab.

Ich wusste, wie unberechenbar Menschen sein konnten, die nicht mehr nüchtern waren. Das kannte ich von meinem Vater und seinen Freunden. Nicht dass mein Vater jemals gewalttätig geworden wäre, nein, nur gleichgültig. Und es war diese Gleichgültigkeit, die mir nahe ging. Wenn er betrunken war, schien es, als wäre er hinter einer Glaswand, die ich nicht durchdringen konnte. Ich würde an die imaginäre Scheibe klopfen und er würde mich - meist verlangsamt - ansehen, nein durch mich hindurchsehen. Ich könnte schreien und er würde mich nur gefiltert hören. Es war mir unmöglich, meine Bedürfnisse zu transportieren, und ich konnte mich nicht darauf verlassen, dass er auf mich eingehen würde. Ich konnte nicht darauf vertrauen, dass seine Reaktionen der Situation angemessen waren, und diese Lethargie verunsicherte mich zutiefst. Ich weiß nicht, ob ich ihn gerne dafür gehasst hätte. Als Kind hätte ich dieses Gefühl niemals zulassen können. Viel zu gefährlich, ja existenzbedrohend, wären mein Hass und meine Wut gewesen. Später, als ich ein Teenager war, verachtete ich ihn dafür, dass er sich nicht beherrschen konnte, dass er sich gehen ließ und dass ihm seine Würde egal war, mehr noch, ich schämte mich für ihn. Sich für seine Eltern zu schämen ist eines der tiefschürfendsten Gefühle, die einen Menschen prägen.

An dem Tag, an dem er zusammenbrach und der Arzt ihm sagte, er müsse zu trinken aufhören, sonst würde er binnen zwei Monaten sterben, wurde er von einem Bekannten mittags sturzbetrunken nach Hause gebracht. Es war ein Tag unter der Woche, an dem redliche Menschen arbeiteten. Ich übernahm ihn von dem gütigen jungen Mann, der mich mitleidig ansah und sein wissender Blick traf mich tief drinnen, dort wo seit Jahren die Wut einzementiert gewesen war. Mein Vater torkelte ins Haus, stolperte in die Küche, verhaspelte sich im Teppich und stürzte. Er blieb auf dem Küchenboden liegen und es schien mir unmöglich, seine Körpermasse bis ins Schlafzimmer zu hieven. Da überkam mich eine unbändige Wut und ich hätte ihn am liebsten mit den Füßen in den Leib getreten, ihn angeschrien und beschimpft, hätte ihn gerne mit all den Schimpfwörtern versehen, die ich durch geschlossene Türen alle die Jahre meine Mutter zu ihm sagen gehört hatte. Doch alles was ich in diesem Moment tiefster Verzweiflung herausbrachte, war: „Steh auf, steh endlich auf!". Tränen liefen über mein Gesicht und ich zerrte an ihm, packte seinen Arm und versuchte, ihn von der Stelle zu bewegen, aber es gelang mir nicht einmal den neunzig Kilo schweren Mann aufzurichten. Ich weiß nicht mehr, was ich dann tat, kann mich nicht mehr erinnern, ob ich bei ihm bleib oder wegging. Er muss sich schließlich doch aus eigener Kraft in sein Bett geschleppt haben und blieb dort zwei Wochen. Meine Mutter sagte, er sei sehr krank. Ich kümmerte mich nicht um ihn und hoffte insgeheim, er würde sterben.

Meine Mutter stand ihm bei. Ich glaube, sie hat es trotz ihrer heftigen Auseinandersetzungen und Wutausbrüche über seine alkoholgetränkten Nächte, später auch Tage, über seine Unzuverlässigkeit und seine wiederkehrenden Versprechungen, sich zu bessern, niemals in Erwägung gezogen, ihn zu verlassen. Eine Trennung oder Scheidung wäre undenkbar gewesen. Sie lebte wie ein Elefant am dünnen Faden, der in jungen Jahren gelernt hatte, dass er am dicken Seil unüberwindbar mit einem starken Pflock verbunden war. Man ließ sich nicht scheiden.

Punkt. Vielmehr leugnete sie auch Jahre nach seinem Tod vor sich und anderen beharrlich seine Trunksucht.

Ihrer Wut ließ sie unterschwellig ihren Lauf. Ich hegte den Verdacht, dass sie absichtlich sonntags Rindsuppe mit Fadennudeln und als Beilage zu wechselnden Hauptspeisen Reis kochte, an denen er sich regelmäßig verschluckte, hustete und prustete, bis sein ohnehin schon roter Kopf noch röter wurde und aus seinen glasigen Augen die Tränen quollen. Sobald er etwas Luft bekam, fluchte er über das – wie er es nannte - bröseltrockene Essen. Er kam, anders als andere Männer, nicht kurz vor zwölf Uhr vom Frühschoppen nach Hause, sondern meist erst gegen ein Uhr. Die Schnitzerl oder Backhenderl dörrten bereits seit einer Stunde im Rohr des Holzofens vor sich hin, denn Mutter bereitete das Mittagessen beharrlich für zwölf Uhr zu. Ich hatte meinen angestammten Sitzplatz am Esstisch ihm gegenüber und fürchtete oft, er würde Reiskörnchen oder Nudelstücke quer über den Tisch zu mir hinüber husten oder, schlimmer noch, irgendwann daran ersticken. Dazwischen zischte meine Mutter in seine Richtung: „Musst du denn immer so saufen, du Sau." Er nahm es gelassen, schob den Teller von sich und legte sich fernsehschlafen.

In jüngeren Jahren trank er nur am Wochenende. Jeden Samstagabend stieg er in die Badewanne, rasierte sich vor dem Spiegel in der Küche, trug Tabac Rasierwasser auf. Dann wickelte er Watte um das Ende eines Streichholzes, um sich damit die Ohren auszuputzen und reinigte seine Zahnprothese mit immer derselben Zahnbürste, deren Borsten bereits gelb verfärbt waren. Er zog einen guten Anzug und ein weißes Hemd an und band sorgfältig seine Krawatte. Manchmal durfte ich seine Krawatte binden, worauf ich sehr stolz war. Dann verließ er das Haus wie ein feiner Herr, um in den frühen Morgenstunden völlig ramponiert wieder zurückzukommen.

In späteren Jahren kam es auch unter der Woche vor, dass er abends ausging, allerdings immer im Wochengewand, bis er schließlich bereits morgens mit Rum begann und auch wochentags mittags ins Wirtshaus ging, von wo er immer später zurückkehrte.

Unzählige Abende saß ich in der Küche und wartete auf ihn. Er wusste, dass Mutter ab 17 Uhr arbeitete. Trotz seiner Beteuerungen, rechtzeitig nach Hause zu kommen, ertränkte der Alkohol die Vernunft. Ich saß an der Kante der Eckbank in der Küche, wartete, horchte auf jedes Geräusch, das seine Rückkehr ankündigen würde. Jedes Ticken der Küchenuhr hämmerte das Gefühl des Verlassenseins und die Angst weiter in meinen Magen.

Viele Jahre ging es so. Der Körper ist zäh. Erst nachdem der Arzt die Ernsthaftigkeit der Lage betont hatte – und man vertraute ihm diesbezüglich, weil er selbst übermäßig dem Alkohol zusprach - kippte meine Mutter sämtliche alkoholischen Getränke im Haus in den Ausguss, allen voran den Rum, den mein Vater in jenem Kleiderschrank in der Waschküche versteckte, in dem er seine Anzüge und Krawatten aufbewahrte. Jeden Morgen war er hinausgegangen und hatte einen kräftigen Zug genommen, bevor er seinen offiziellen Tee mit Rum zubereitete. Ich war überrascht, dass ich ihr dieses Versteck preisgeben musste, weil für mich diese tägliche Routine so offensichtlich war. Sie hingegen hatte bis zu diesem Zeitpunkt offenbar nicht wahrhaben und nicht sehen wollen, wie schlimm es um seinen Alkoholismus stand.

In den folgenden Tagen suchte meine Mutter jeden einzelnen Wirt und jedes einzelne Geschäft in der Umgebung auf und wies diese an, ihm nichts mehr zu trinken zu geben. Damit hatte sie ihn für mich endgültig zu einem Unmündigen degradiert, der nicht mehr für sich entscheiden konnte und durfte. Ich hatte nicht einen Funken Respekt für ihn oder für meine Mutter übrig.

Obwohl ich noch minderjährig war, entzog ich mich mehr und mehr dem elterlichen Haushalt und suchte Zuflucht bei Freunden und Bekannten, wo das Leben normal zu sein schien. In anderen Familien wurden zwar ebenso Alkohol und zuweilen auch Drogen konsumiert, jedoch in einem Ausmaß, das einen halbwegs geordneten Alltag zuließ und wo die Atmosphäre nicht gänzlich vergiftet war. Bis zu meinem Schulabschluss und dem darauf folgenden Umzug zum Studium in die Stadt war ich eine Vagabundin ohne Seelenheimat.

Schließlich hatte es mein Vater aus eigener Kraft zustande gebracht, mit dem Trinken aufzuhören. Da kam ein wenig Respekt zurück.

Die Tatsache, dass alle seine Pullover an der Stelle, an der sich die Leber befindet, schütter waren, weil er sich fortwährend dort rieb und kratzte, war eine Reminiszenz an seine Leberzirrhose. Die Leber erholt sich, das Gehirn jedoch verzeiht niemals.

Meine Mutter setzte alles daran, seine vorzeitige Pensionierung durchzusetzen, denn er war apathisch, über weite Strecken wie paralysiert und brachte kein einziges Werkstück mehr zustande. Schon das Einsetzen eines Reißverschlusses kostete ihn enorme mentale Anstrengung und seine zittrigen Hände machten es beinahe unmöglich, präzise zu arbeiten. Dennoch versuchte er, den Schein zu wahren und die Schneiderei zu betreiben, bestellte Stoffe und machte die Kundschaft glauben, dass er ihre Bestellungen zeitgerecht fertigstellen könne. Wutausbrüche enttäuschter Kunden waren an der Tagesordnung und der Schuldenberg wuchs beständig.

Durch den jahrelangen Alkoholabusus hatte sich schließlich ein Korsakow-Syndrom entwickelt und meine Hoffnungen, ihn als den Menschen kennenzulernen, der er ursprünglich gewesen war, zerschlugen sich. Er hatte die eine Maske mit einer anderen vertauscht, mit einer Maske, die er bis zu seinem frühen Tod mit zweiundsechzig Jahren nicht mehr ablegen konnte. Sein Kurzzeitgedächtnis war irreversibel geschädigt und ich konnte mich mit ihm nur von Moment zu Moment dahinhanteln wie auf einem Klettersteig, auf dem man für jeden Schritt einen neuen Haken einschlagen muss.

Und wieder musste ich nachsichtig sein mit ihm. Solange er trank, konnte ich ihn nicht zur Rechenschaft ziehen, denn ich war zu jung und auch wenn ich älter gewesen wäre, wären meine Vorwürfe ins Leere gegangen. Durch die Sucht entziehen sich die Menschen der Verantwortung für die anderen und sich selbst.

Nach seinem Entzug konnte ich ihn ebenfalls nicht zu fassen bekommen und musste erst recht nachsichtig mit ihm sein, weil er sich nichts merken konnte und ich mit ihm wie mit einem kleinen Kind kommunizieren musste, das die Zusammenhänge nicht versteht.

Einzig das Schachspiel mit ihm bescherte mir glückliche Zeitfenster, in denen er als Person ganz anwesend war und sich mir mit Freunde zuwandte. Doch irgendwann ermüdete bei ihm auch die Begeisterung dafür, vor allem als ich cleverer wurde und häufiger siegte, als verlor.

Menschliche Beziehungen sind auf Referenzen aufgebaut und wenn es bei dem anderen keine Referenzen mehr gibt, sondern nur Lücken, tritt man ständig ins Leere. Und irgendwann bevor der Mensch selbst stirbt, sterben die Hoffnung und die Erwartungen an ihn.

Viel später legte ich mir für meinen Seelenfrieden eine Erklärung zurecht – nicht, um mit dem Herzen zu vergeben, sondern um mit dem Kopf zu verstehen. Er hasste seinen Beruf und er wollte ausbrechen aus der Enge seines Lebens. Bei jeder Gelegenheit radelte er zum Flugfeld des Segelflugplatzes im Nachbarort. Fluglotse, so sagte er oft, Fluglotse wäre sein Traumberuf. Und was sonst kann einer tun, der nicht davonlaufen kann, als seinen Geist mehr und mehr zu betäuben. So tröstete ich mich, um nicht auf den Gedanken kommen zu müssen, dass ich ihm nicht wichtig genug war, sein Leben herumzureißen.

Mit Lotto und Werbefahrten versuchte er der Sinnlosigkeit und den Depressionen seiner letzten Jahre zu entkommen. „Man sollte einen Strick nehmen und sich im Dachboden aufhängen", sagte er einmal und schob die Möglichkeit, sein Leben einfach so zu beenden, mitten in mein Leben. Ich erschrak und war gleichzeitig wütend auf ihn, wie er so etwas nur denken konnte.

Wütend bin ich auch heute noch auf ihn, wütend und enttäuscht, dass ihm nicht einmal sein eigenes Leben etwas wert war, wenn er schon keinen Wert darauf legte, ein lebender und lebendiger Vater zu sein.

Der Heustadel des benachbarten Bauern lehnt sich an die mächtige Linde mit dem Nistkasten für Stare hoch oben am Stamm. Wenn unsere Katzen nicht nach Hause kamen, suchte ich sie dort im Heu. Die Katzen bekamen ihre Jungen nie zu Hause, sondern immer woanders und brachten sie erst zurück, wenn sie schon einige Wochen alt waren. Manchmal fand mein Vater sie, bevor sie noch ihre Augen geöffnet hatten. Dann warf er sie von der Dachbodenluke auf die Betonplatte der Güllegrube und von dort in das stinkende schwarze Loch, wo sie langsam aufgedunsen an der Oberfläche verwesten. Ich habe es nie gesehen. Er hat es mir gesagt. Ich weiß nicht, warum Erwachsene Kindern solche Dinge erzählen. Ich stellte mir vor, wie er den rostigen Deckel der Güllegrube anhob und die noch warmen, geschmeidigen Körper hineinplumpsen ließ.

Manchmal ließ die Katzenmutter ihre Jungen tagelang alleine, um wieder mit den Katern herumzustreunen. Sie wären verhungert, hätte ich sie nicht gefüttert. Wenn im Mai gerade Kirtag war, kaufte ich vom Geld, das mir meine Großmutter gab, ein Plastikfläschchen mit bunten Zuckerperlen. Liebesperlen haben wir sie genannt. Die Perlen aß ich. Sie waren pastellfarben, süß und hart. Dann stach ich ein Loch in die Spitze des Gummisaugers. „Gewässerte Milch, gib den Katzen nur gewässerte Milch, sonst bekommen sie Durchfall", sagte mein Vater. Sie wuchsen und für ein paar Wochen umhegte ich sie, spielte und kuschelte mit ihnen. Dann wurden sie verschenkt. Wenn mir ein Kätzchen sehr ans Herz gewachsen war, durfte ich es behalten. Wir hatten viele Katzen über die Jahre und keine starb an Altersschwäche. Sie wurden überfahren, vom Fuchs gefangen, gerieten unter den Mähbalken des Bauern oder verendeten an Gehirnhautentzündung nach einem Zeckenbiss. Das Sterben gehörte zum Leben dazu. Ich heulte einen Tag lang und bekam im nächsten Frühjahr oder Herbst ein neues Kätzchen.

„Früher, im Krieg", erzählte mein Vater, „haben die Nachbarn Katzen gekocht. Wir nicht. Aber ich wurde manchmal eingeladen, mit ihnen zu essen." Er kicherte dabei ein wenig und strich sich mit dem Zeigefinger über den krummen Nasenrücken. „Es war Krieg und alle waren hungrig. Sie häuteten die Katzen und hängten sie für einen Tag in das fließende Wasser des Baches." Ich wagte nicht zu fragen, ob Katzenfleisch eine besondere Note hatte, die man herausspülen wollte, oder ob man das Fleisch damit symbolisch reinzuwaschen versuchte.

„Katzen schmecken zart, so zart wie Hasenfleisch", sagte mein Vater. Hasenfleisch schmeckt zart. Das wusste ich. Meine Hasen wurden jedes Jahr im Herbst geschlachtet, auch wenn ich sie lieb gewonnen hatte. Es war meine Aufgabe, ihren Stall zu reinigen, mit frischem Stroh zu füllen und ihnen Futter zu bringen. Jeden Morgen strich mein Vater zweimal mit der Sense durch das frische Gras, nachdem er die Klinge mit einem angefeuchteten Wetzstein geschärft hatte. Als besondere Leckerbissen pflückte ich für sie eigens Löwenzahnblätter und junge Bärentatzen. Ich ließ sie frei herumlaufen und fing sie am Abend unter größter Anstrengung wieder ein. Die Sanftmütigen trug ich wie Kätzchen umher, veranstalte mit ihnen Kaffeekränzchen und steckte sie in meinen Puppenwagen.

Meine Puppen hingegen behandelte ich nicht sehr pfleglich, riss ihnen gelegentlich auch einmal einen Arm oder ein Bein aus, tauchte sie so lange unter Wasser bis keine Luft mehr herauskam oder die Haare ausfielen, oder ich stach ein Loch zwischen die Beine, um sie pinkeln zu lassen.

Es gab aber auch Hasen, die ich nicht mochte, weil sie von Geburt an bösartig waren, solche die in ihre Futterschüssel mit dem Hafer bissen und sie herumschleuderten oder mich kratzten, wenn ich sie nicht schnell genug am Genick zu fassen bekam. Diese nicht handzahmen Hasen fristeten ihr Leben im Stall bis der Herbst kam.

„Wir haben keinen Kuhstall, sie würden erfrieren." Die Erklärung erschien mir logisch, und trotzdem wollte ich es nicht verstehen. Eine alte Nachbarin kam und tötete sie. Es geschah immer dann, wenn ich in der Schule war, und es wurde nicht darüber gesprochen. Eines Tages waren sie einfach verschwunden und die Gittertüren des Hasenstalls standen offen. Die Bodenbretter waren gereinigt, das Stroh herausgefegt. Nur ein paar feuchte Urinstellen waren noch zu sehen. Dann gab es sonntags sehr kleine Schnitzel. Die schmeckten eigentlich gut. Es waren schweigsame Mittagessen und ich fragte nicht, würgte herum und aß schließlich mehr vom Apfelkompott als vom Fleisch.

Die Felle hingen zum Trocken in der Scheune. Später wurden sie in durchsichtigen Plastiksäcken im Schrank aufbewahrt. Sie rochen nach Mottenkugeln und nicht mehr nach Heu und Fell, in das ich gerne meine Nase gesteckt hatte. Ein Mädchen aus meiner Klasse besaß eine Jacke aus Hasenfell. Ich hätte auch gerne eine gehabt, aber nicht von meinen Hasen. Viel später, als ich erwachsen war, hätte ich mir gerne eine Schal machen lassen. Da konnte ich die Beutel nicht mehr finden.

Eine Generation später war ich diejenige, die zum Essen im Nachbarshaus eingeladen war. Es gab nicht Katzen oder Hasen, sondern Haas Erdbeerpudding, den mit den langen Hasenohren auf der Packung. Ich verstand nicht, was Erdbeerpudding mit Hasenohren zu tun haben sollte. Hasenohren hießen bei meiner Großmutter Teigblätter, die in Fett schwimmend herausgebacken wurden. Zu Hause gab es nie Pudding oder sonst irgendein Dessert. Es gab Erdbeeren, die im Juni auf Stroh gebettet wurden, schauerlich saure Ribisel im Juli und Himbeeren vom Strauch im September. Die Erdbeeren schmeckten nach Erdbeeren und waren umso besser, wenn sie in Staubzucker getunkt wurden. Wir hatten auch viele Apfelbäume. Daher gab es Apfelkompott, gebackene Apfelringe, Apfelstrudel, Apfelmus und alles Erdenkliche, das man sonst noch aus Äpfeln zubereiten konnte. Im Backrohr meiner Großmutter fand sich immer ein Backblech mit mürbem Apfelstrudel, gefüllt mit den säuerlichen Äpfeln, wenig Zucker und dicken saftigen Rosinen, die mich an vollgesogene Zecken erinnerten.

Der Erdbeerpudding der Nachbarin sah wundervoll verlockend aus, zartrosa und glänzend. Die Nachbarin stürzte ihn aus dem gewellten Plastikbecher auf eine Untertasse. Er schmeckte nicht nach Erdbeeren. Er schmeckte nach Plastik. Die Formen verwendeten wir später, um im Fluss Sand zu scharren, aber sie taugten nicht viel, weil sie schnell fransten und bald Sprünge bekamen.

Bei der Nachbarin gab es viele Dinge, die es bei uns nicht gab. Ein Auto, Teppichboden, Spitzenstore, eine Spielzeug-Rennbahn, Shampoo statt Kopfwaschpulver und einen Putztag. Freitags trug sie bunt zusammengewürfelte Kleidung und eine Schürze mit Punkten. Rock und Bluse in den wilden geometrischen Mustern der Siebzigerjahre und rote Wollsocken in Holzpantoffeln mit silbernen Schnallen auf den braunen Lederriemen. Und Lockenwickler unter einem weißen Haarnetz für ihr dauergewelltes Haar. So schüttete sie die Lauge aus dem Putzkübel auf den geschotterten Platz vor dem Haus und wrang das graue Putztuch aus, jenes graue Waffeltuch mit dem einen roten Streifen, das es in jedem Haushalt gab.

Sie war modern und jung, die Nachbarin, angeheiratet aus der Stadt. Sie sprach anders, fuhr mit ihrem Auto zum Einkaufen in die Stadt, ging nicht zur Kirche und nahm auch an keinem der üblichen kirchlichen Bräuche teil. Man erzählte sich, dass sie eine Kleptomanin sei. Hinter vorgehaltener Hand hieß es, sie habe versucht, in einem Modehaus ihre alte Jacke hängen zu lassen, um mit einer Pelzjacke das Geschäft zu verlassen. Sie sei erwischt worden und nun habe sie eine Strafe bekommen. Außerdem besäße sie eine Jacke, in der innen Taschen aufgenäht waren, in denen sie gestohlene Waren aus Geschäften herausschmuggelte.

Sie war ganz anders als die anderen Frauen im Dorf, die wochentags geblümte Schürzenkleider trugen, die sie auf dem Kirtag zu Christi Himmelfahrt gekauft hatten, sowie feiertags Goldhauben und Dirndlkleider mit gestärkten weißen Baumwollblusen. Sie starb auch anders, nämlich an einem Herzinfarkt in der Sauna, nackt.

„Gott hab sie selig", sagten die anderen Frauen.

Ihr Schwiegervater, der mit seiner gehbehinderten Frau im Nebenhaus wohnte, war ein gefälliger Mensch, alt, hager und knorrig mit gegerbter Haut und spitzem Kinn. Er hatte sich ein Hüttchen im Garten gebaut, mit Veranda, Blumenkästen, Fensterläden und Vogelhaus. Sein Refugium. Wenn er zu tief ins Glas geschaut hatte und nachts spät nach Hause kam, was mehrmals die Woche vorkommen konnte, schlief er in seinem Hüttchen. Seine Frau schlief im Haus. Er brachte sein Fahrrad stets mit nach Hause, ließ es nie vor dem Wirtshaus zurück, denn sein Fahrrad war für ihn lebenswichtig. Das Fahrrad war Stütze, wenn er angetrunken war und Transportmittel für alles, was er gebrauchen konnte. Er balancierte lange Bretter auf dem Fahrrad für Verbesserungen und Anbauten an sein Hüttchen und bei Bedarf benütze er einen selbstgebauten Anhänger, in dem er sogar Zementsäcke karren konnte.

„Wenn alles aus dem Nachbarhaus herausfallen würde, was im Laufe der Jahre zusammengestohlen wurde, würde das Haus wahrscheinlich einstürzen", merkte mein Vater einmal launig an.

Wenn sich der Alte mit seinem Sohn stritt und zornig war, warf er Gegenstände - Holzscheite und manchmal auch eine Axt. Irgendwann zog er einen Jägerzaun um sein Hüttchen herum, quer durch den Garten. Dann versöhnten Sie sich wieder, aber der Jägerzaun blieb.

Meine Mutter war im Gegensatz zur Nachbarin weder modern noch jung. Sie war bereits sechsunddreißig Jahre alt gewesen, als sie Mutter geworden war. Ich habe mich oft gefragt, warum sie so spät und von meinem Vater schwanger geworden war. Sex war für sie immer etwas Ekelhaftes und Verabscheuungswürdiges. Vielleicht war es für sie die letzte Gelegenheit, doch noch eine Familie zu gründen, und ihren beiden jüngeren Schwestern nachzueifern, die bereits einen Mann mit Haus hatten.

Beim Elternsprechtag genierte ich mich, eine so alte Mutter zu haben. Ihr Haar flocht sie zu einem geraden Zopf nach unten, wickelte ihn um die Hand und steckte ihn mit einem Dutzend Schiebespangen von rechts und von links fest, sodass er eine gerade Linie bildete und das dünne Ende verdeckte. Meine beiden Großmütter trugen den gleichen Zopf, steckten ihn aber in einer Schnecke rund am Hinterkopf mit u-förmigen gewellten Haarnadeln aus Horn auf. Mutter hat ihre Frisur nicht verändert, seit ich mich erinnern kann. Auf den Bildern ihrer Hochzeit hatte sie noch kurzes Haar, das im Stil der sechziger Jahre mithilfe einer Stützwelle leicht gewellt ihr mondrundes Gesicht umrahmte. Die Veränderung der Haartracht nach der Verehelichung mag aus praktischen Gründen erfolgt sein. Vielleicht war es aber auch ein Zeichen der fortan gelebten außerehelichen Keuschheit. Es wäre verpönt gewesen, sich als verheiratete Frau aufreizend zu geben, und dazu gehörten vor allem die Haare. Auffälliges Make-up war ohnehin den leichten Mädchen vorbehalten. Kopftücher gehörten zum Alltagsbild. Das Tragen von Kopftüchern war wochentags für die Frauen gesetzteren Alters gang und gäbe, genauso wie sonntags für den Kirchgang. Für Wochentage waren die Tücher aus grober Wolle, grau oder braun kariert mit kurzen Fransen, meist vorne unter dem Kinn mit einem einfachen Knoten gebunden. Sonntags wurden die seidig glänzenden mit langen Fransen oder zur Festtracht die schwarzen Seidentücher getragen, welche kunstvoll im Nacken gebunden wurden und die Frauen wie unheilvolle Engel mit schwarzen Flügeln aussehen ließen. Irgendwo zwischen alten Dokumenten hatte ich einmal ein vergilbtes Foto meines Großvaters mit seiner ersten Frau an seiner Seite gefunden. Es schien, als hätte sich ihr früher Tod in diesem Bild angekündigt, auf dem sie die schwarzen Flügel trug. Das Bild befand sich zuunterst in der Kommode mit den drei hölzernen Laden, an einem Ort, an dem man es nicht vermutet hätte, und ich fragte mich, ob es mein Großvater vor seiner zweiten Frau verbergen wollte oder seine zweite Frau es aus Eifersucht auf die erste Frau verschwinden hatte lassen.

Wenn meine Mutter auch bodenständig war, so benutzte sie dennoch Lockenwickler. Einmal die Woche wusch sie abends ihre Haare und setzte sich mit einem kleinen Spiegel und einem schwarzen Stielkamm an den Küchentisch, um kleine Wellen auf ihrem Oberkopf zu formen. Mit dem dünnen Stiel trennte sie Strähnen ab und rollte das Haar über hellblaue und blassrosa Plastikwickler mit Stacheln. Wie kleine Igel legten sie sich an die Kopfhaut und die Enden der quer eingesteckten Plastiknadeln hinterließen rote Drucklinien am Haaransatz. Haarnetz darüber, so ging sie schlafen. Sommers wie winters, auch wenn der Anreim sich an der Zimmerdecke oberhalb des stets gekippten Fensters bildete. Sie konnte mit den Lockenwicklern nur auf dem Rücken liegend schlafen. So schnarchte sie in den Morgenstunden laut, was mich früh weckte. Wenn ich dann zu ihr unter die Decke kroch, pikten mich manchmal die Haarnadeln, die sie nachts verloren hatte.

Bis zu meiner Pubertät schlief ich im Schlafzimmer meiner Eltern, das im Erdgeschoss neben der Küche lag. Neben dem Wohnzimmer und der Werkstube meines Vaters gab es im unteren Stockwerk nur noch ein weiteres Zimmer. In dem lebte meine Großmutter bis zu ihrem Tode. Sie starb, als ich neun Jahre alt war. Meine Mutter zog es jedoch nach ihrem Tode vor, die Wand zwischen ihrem Zimmer und dem Wohnzimmer entfernen zu lassen, um das Wohnzimmer zu vergrößern, anstatt mir ein eigenes Zimmer zu schaffen. Als Kind habe ich es nicht hinterfragt, heute vermute ich, meine Mutter wollte sich vor sexuellen Annäherungen meines Vaters schützen und benützte mich zu diesem Zweck.

Überhaupt stellt sich mir bei näherer Betrachtung die Frage, wo mir einen Platz zugestanden wurde, zumal beim Umbau des Hauses während der Schwangerschaft auf ein Kinderzimmer verzichtet worden war.

Im Sommer trug meine Mutter Dirndlkleider, die sich um ihre Brüste und ihren Bauch spannten. Vorne wirkten die Kleider kürzer als hinten, angehoben durch die Bauchwölbung. Ihre Büstenhalter waren selbstgenäht und funktionell, aus festem, unelastischem Baumwollstoff mit vier genähten Knopflöchern und Perlmuttknöpfen am Rücken, um die Brüste, die niemals die Sonne sahen, in Schach zu halten. Und natürlich immer ohne Spitze und reinweiß. Schwarze Unterwäsche trugen ihrer Meinung nach nur verruchte Frauenzimmer, genauso wie Nagellack, Lippenstift oder Wimperntusche.

Sie besaß auch keine Mini-Kleider mit knalligen geometrischen Mustern wie die Nachbarin. Ihre Kleider und Kostüme waren schlicht und einfarbig oder mit dezenten, zumeist floralen Mustern, genauso wie die Vorhänge in unserem Haus.

Einzig in einem Zimmer im ersten Stock gab es ein Gästezimmer mit einer wild gemusterten Tapete im Stil der Siebzigerjahre.

Ziesel, ein glatzköpfiger Mann mit Kugelbauch, hatte sie bei einem seiner Besuche mitgebracht. Gottfried Ziesel war in seiner Jugend zu Weihnachten 1945 als Sudetendeutscher auf dem Bauernhof meiner mütterlichen Großeltern untergekommen und hielt auch nach dreißig Jahren immer noch Kontakt. Die Tapete war wohl eine Geste, ein Geschenk zur Verschönerung unseres neu ausgebauten Hauses von jemandem, der sein Zuhause abrupt verloren hatte. Die Tapete war olivgrün und orange mit goldenen Schnörkeln und erinnert mich an Mandalas, wie sie heutzutage in trendigen Malbüchern für Erwachsene zu finden sind. Nachdem alle Zimmer im Obergeschoss Gästezimmer waren, war es gleichgültig, dass eines davon eine hässliche Tapete hatte. Der erste Stock des Hauses wurde vermietet, an Sommerfrischler, Städter, Bekannte und Verwandte. Es war meiner Mutter wichtig, ein großes Haus zu haben, sodass sie mithalten konnte mit ihren Schwestern, auch wenn das zusätzliche Stockwerk mehr Belastung war, als dass es Nutzen brachte.

In den Malbüchern meiner Kindheit fanden sich keine Mandalas oder abstrakten Muster, sondern kitschige und durchwegs von Rollenklischees geprägte Szenen. Die Mädchen mit großen Kulleraugen trugen Schleifen in den Haaren, kurze Kleidchen mit Gürtel und Spangenschuhe. Sie sammelten Blümchen in einem Körbchen oder fütterten Lämmchen mit ebenso großen Augen und langen Wimpern. Die Buben stets mit Sommersprossen, spitzbübischem Blick und leichtem oder schwerem Gerät. Die Malstifte waren hart, das Papier war rau, und man musste aufpassen, die Seiten nicht zu zerreißen, wenn die Stifte zu stark gespitzt waren. Das Spitzen übernahm mein Vater. Er benützte dazu dasselbe Taschenmesser, mit dem er auch den Speck für die Jause schnitt und den Schmutz unter seinen Fingernägeln herauskratzte.

An der Wegbiegung, wo die Straße auf den Bach trifft, zweigt linker Hand ein geschotterter Weg ab, der den Fluss stromabwärts bis zum Dorf begleitet. An der Ecke steht ein Holzhäuschen, in dem eine alte Frau wohnte, die jeden Tag zur Kirche ging. Sie war eine Witwe mit sechs Kindern, die während des Krieges aus Wien geflüchtet war. Mein Großvater hatte ihr das Grundstück am Eck zum Bach geschenkt und die Dorfbewohner halfen zusammen, um ein bescheidenes Häuschen zu bauen.

Sie legte eine heuchlerische Freundlichkeit an den Tag, die uns Kinder dazu veranlasste, auf dem Fahrrad an ihrem Haus vorbeizufahren und dabei mit langen, kräftigen Stöcken ihre Blumen niederzumähen. Wir wussten, dass diejenigen Frauen, die am häufigsten zur Kirche gingen, die boshaftesten waren und es schien uns nur gerecht, sie hinterrücks zu bestrafen. Ich hasste sie, weil auf ihrem Dachboden eine meiner Katzen verhungert war. Das Tier war im Herbst in ihren Dachboden gelangt, kurz bevor die Alte den Speicher winterfest machte, indem sie die halbrunde Öffnung mit einer dicken Plastikfolie verschloss, um die Kälte draußen zu halten.

Die Isolierung in den Dächern war schlecht und durch die aufsteigende Wärme aus dem Haus schmolz der Schnee auf dem Dach, um an frostigen Tiefwintertagen an der Traufe wiederum zu mächtigen Eiszapfen zu gefrieren, die bei Tauwetter wie Dolche herabstürzten und dunkle Striche im Schnee hinterließen.

Im Winter stieg auch in unserem Haus oft wochenlang niemand in den Dachboden hinauf. Besonders zur trockenen und frostigen Zeit wurden die schweren Weidenkörbe mit nasser Wäsche nicht über die steile Treppe gehievt. Stattdessen wurden die ausgewrungenen Stücke über die Leine im Garten geworfen, wo sie in der Sonne dampften und schließlich gefroren. Die Ärmel der karierten Hemden baumelten wie steife Leichen herab. Wenn man den Stoff bog, wurden Eiskristalle sichtbar und es machte ein raschelndes Geräusch, bevor das Eis zwischen den Fingern schmolz. Ich wurde deswegen geschimpft, weil durch das Biegen die Fasern des Materials beschädigt wurden.

Die im Frost aufgehängten Handtücher waren wunderbar weich, ganz anders als die im Sommerwind getrockneten, die auf der sonnengereizten Haut kratzten wie Schmirgelpapier. Wenn uns die Sonne schlimm erwischt hatte, wurde Joghurt auf den Sonnenbrand geschmiert. Nach kurzer Zeit entwickelte sich auf der heißen Haut eine ranzige Kruste, die beim Trocknen Sprünge bekam und abblätterte.

Auch unser Dachboden hatte zwei Luken durch die ich, wenn ich eine Kiste unter die Öffnung schob, den Kopf stecken und hinuntersehen konnte. Schaurig schön war der Blick von weit oben, von wo aus ich mich riesengroß fühlen konnte.

Unter dem Dach stand und steht viel Gerümpel. Meine Mutter bewahrt immer noch viele Dinge in ihrem Haus auf. Die Dinge, die ihr wichtig sind. Nicht die Dinge, die mir wichtig sind.

Mein Hippiekleid ist längst verschwunden. Ich hatte es von meiner Tante aus Amerika zum vierzehnten Geburtstag geschickt bekommen. Es war oben um die Brust herum eng, unter der Brust abgesetzt und mit sehr weitem Rock. Als ich es die ersten Male trug, hieß es im Dorf, ich sei schwanger. Es hieß oft, ich sei schwanger.

Als ich dreizehn oder vierzehn Jahre alt war, fing ich an regnerischen Tagen in den Sommerferien an, auf unserem Dachboden zu stöbern.

Mir fiel auf, dass von den wenigen Dingen, die meine Großmutter besessen hatte, nichts auf dem Dachboden gelagert war. Überhaupt hatte meine Mutter alles beseitigt, was an meine Großmutter hätte erinnern können – zuallererst die Hühner. Die beiden Frauen lebten jahrelang in einem Kampf um meinen Vater nebeneinander her. Meine Großmutter, die der Überzeugung war, dass keine Frau so gut wie sie selbst für ihn hätte sorgen können, und meine Mutter, die meine Großmutter für den Mangel an Selbstdisziplin und Tatkraft meines Vaters verantwortlich machte, weil sie ihn zeitlebens zu sehr verhätschelt hätte. „Nichts für übel halten", waren laut meiner Mutter die letzten Worte meiner Großmutter, bevor sie starb. Sie merkt es gelegentlich mit einer widerlichen Selbstgefälligkeit an.

Ich fand ein altes Grammofon ohne Trichter, das ich gerne in Gang gesetzt hätte. Jedoch sei der Trichter während des

Hausumbaus als Abortsitz verwendet worden, erzählte mein Vater.

In einem dunkelbraunen Lederkoffer mit aufgenagelten Holzleisten waren zwischen vergilbtem Zeitungspapier gerahmte Heiligenbilder verstaut, die den größten Teil des Jahres dort aufbewahrt wurden. Unser Haus lag am Weg der Fronleichnamsprozession zwischen zwei Stationen. Anlässlich dieses Festes wurde unser Haus mit abgeschnittenen Birkenzweigen geschmückt, sowie die Devotionalien aus dem Dachboden ausgepackt und ins Fenster oder bei Schönwetter vor dem Haus auf ein Tischchen mit Blumen gestellt.

Blasse, faltenlose Gesichter, Josef und Maria mit dunklem Haar und braunen Augen und das bizarr anmutende Jesuskind mit blondem Haar und blauen Augen – sehr mitteleuropäisch - in einem Kleidchen, eingesäumt von rankendem Efeu und Rosenblüten. Marienbilder, in denen die Mutter das Kind anhimmelt, das Haar züchtig mit einem titanblauen Schleier bedeckt. Dahinter blonde Engelsmädchen in wallenden Kleidern mit filigranen Flügeln so groß wie ihr Körper. Und natürlich die obligatorischen Herrgottswinkelbilder, eines mit Jesus, das andere mit Maria. Beide tragen einen Heiligenschein und haben ein Herz auf ihre Brust gemalt, das von einem Strahlenkranz umgeben ist. Das Herz in Jesus hatte ein Kreuz aufgemalt und das Herz von Maria ist umrankt von Rosen für die Jungfräulichkeit und durchbohrt von einem Dolch für ihre sieben Leiden. Während Maria auf ihre Brust zeigt, hebt Jesus die rechte Hand, zwei

Finger mit der Handinnenfläche zum Betrachter emporgestreckt. „Friede sei mit euch, fürchtet euch nicht".

Es gab wohl viel zu fürchten in einer finsteren Zeit geprägt von Krieg, Naturkatastrophen, Krankheit und Hunger. Das dazugehörige Kruzifix, beständige Erinnerung an Leid, Schmerz und Tod, war in ein weißes Tuch mit hellblauen Fransen eingewickelt. Ich kann bis heute nicht verstehen, warum sich Menschen etwas so Grausames und Deprimierendes über den Esstisch hängen.

Während langer und langweiliger Gottesdienste, betrachtete ich als Kind oft die düsteren Bilder in der Pfarrkirche, die den Kreuzweg darstellten. Blutig verkrustete Male unter der Dornenkrone, die in das Fleisch bohren. Leidende Gesichter eines Jesus, der unter dem Kreuz zusammenbricht oder von Soldaten mit einer Peitsche angetrieben wird. Metallstifte, die in das Fleisch bohren, aus dem das dunkelrote Blut fließt. Mord. Nicht auszudenken, wie diese Artefakte aussehen könnten, wenn Jesus auf andere Weise zu Tode gekommen wäre. Würden wir dann vielleicht einen abgeschlagenen Kopf oder einen Berg Steine mit einem halb herausragenden blutenden Arm im Herrgottswinkel haben oder womöglich einen Sack, in dem sich Gift speiende Schlangen winden?

Zudem waren kunstvoll verzierte Gebetsbücher in die Kiste gepackt, eines davon von 1856 mit einem elfenbeinfarbenen

Kruzifix auf der ledernen Außenhülle. In einigen war eine Widmung in Kurrentschrift geschrieben.

Abgesehen von den Gebetsbüchern entdeckte ich auf dem Dachboden aber auch Bücher, richtige Bücher, manche noch in der alten Schrift, in der das s wie ein f aussieht und es beim Lesen komisch klingt im Kopf. Unten, im Schlafzimmer meiner Eltern, gab es nur Groschenromane, die meine Mutter vor dem Einschlafen las, bis ihr das Heft auf die Nase fiel. Die Männer in diesen vorhersehbaren Geschichten waren immer schön, reich und erfolgreich, die weiblichen Hauptcharaktere ebenfalls immer schön, aber entweder intrigant und berechnend oder devot und ehrbar, mit üblicherweise je einer Vertreterin der jeweiligen Spezies, die konkurrierend mit der jeweils anderen um den begehrten Mann buhlten.

Aber oben im Dachboden gab es diese wirklichen Bücher. Ich saß oft stundenlang im Kämmerchen, eingehüllt in einen dicken Mantel und begab mich auf Entdeckungsreise. Ich wusste, dass meine Eltern nicht verstehen würden, was mich fesselte, und ich würde es ihnen auch nicht erklären können. Also versuchte ich es erst gar nicht und behielt den Schatz für mich, wodurch er umso wertvoller wurde. Ein Glück, dass man den Wert nicht erkannt hatte und die Bücher nicht zu Geld gemacht hatte.

Ich befreite die Bücher vom Staub, eines nach dem anderen, und las sie alle. Schließlich bekam ich zu Weihnachten ein Bücherregal für ein im Obergeschoss frei gemachtes Zimmer. Es war der einzige Bücherschrank in unserem Haus.

Goethe, Kleist, Poe. Seele und Welt, eine Auswahl aus den philosophischen Schriften von Gustav Theodor Fechner, dem Begründer der Psychophysik hatte es mir besonders angetan:

Eines Morgens saß ich im Leipziger Rosental auf einer Bank in der Nähe des Schweizerhäuschens und blickte durch die Lücke, welche das Gebüsch ließ, auf die davor ausgebreitete schöne, große Wiese, um meine kranken Augen am Grün derselben zu erquicken. Die Sonne schien hell und warm, die Blumen schauten bunt und lustig aus dem Wiesengrün heraus, Schmetterlinge flatterten darüber und dazwischen hin und her, Vögel zwitscherten über mir in den Zweigen, und von einem Morgenkonzert drangen die Klänge in mein Ohr. So waren die Sinne beschäftigt und befriedigt. Aber für den ans Denken Gewöhnten reicht solche Beschäftigung nicht lange, und so spann sich aus der Beschäftigung der Sinne allmählich ein Gedankenspiel heraus, das ich hier nur etwas ausgesponnen und mehr geordnet wiedergeben will.

Seltsame Täuschung, sagte ich mir. Im Grunde ist doch alles vor mir und um mich Nacht und Stille. Die Sonne, die mir so glänzend scheint, dass ich mich scheue, ihr mein Auge zuzuwenden, in Wahrheit nur ein finstere, im Finstern seinen Weg suchender Ball. Die Blumen, Schmetterlinge lügen ihre Farbe, die Geigen, Flöten ihren Ton.

Nie zuvor hatte ich ein solches Buch gelesen oder jemand in meinem Umkreis solche Gedanken geäußert und mit einem

Mal eröffnete sich mir eine Parallelwelt zu den Dingen, die mich umgaben und die ich anfassen konnte, eine Parallelwelt der Gedanken, weg vom Vordergründigen, Alltäglichen, Begreiflichen und Begreifbaren, hin zu den Dingen, die ich in meinem Kopf ergründen konnte. Weg vom pragmatischen und zweckmäßigen Denken hin zum scheinbar nichtsnutzigen verschwenderischen Denken und Lesen, hin zu einem Vergnügen, das mir immer und überall zur Verfügung stehen würde.

Umso mehr stillten meinen aufkeimenden Hunger Schopenhauers Aphorismen zur Lebensweisheit und sein Bezug auf Aristoteles. Schon beim willkürlichen Aufschlagen irgendwo in der Mitte blieb ich hängen und konnte nicht mehr zu lesen aufhören: *Was uns als Welt erscheint, ist nur für uns und nicht an sich. Die Welt, in der jeder lebt, hängt zunächst ab von seiner Auffassung derselben, richtet sich daher nach der Verschiedenheit der Köpfe: dieser gemäß wird sie arm, schal und flach, oder reich, interessant und bedeutungsvoll ausfallen.*

Welch ein Quantensprung von den Groschenromanen zu dieser herrlichen Aussicht auf ein Entkommen aus dem eingegrenzten Denken eines Dorfes und auf ein Ausbrechen aus den in der Kirche gepredigten Kopfgefängnissen, die sich immer falsch angefühlt hatten. Innerlich sträubte sich schon von Kindesbeinen an alles dagegen, dass wir arme Sünder seien und das Leben ein einziges Ertragen von Leid und bedrückender Schwere. „Vergib uns unsere Schuld und befreie uns von dem Bösen", hatte ich hunderte Male neben meiner Mutter in der

Kirchenbank sitzend gemurmelt und nie begriffen, welche Schuld ich denn auf mich geladen hätte oder welches Böse vielleicht über mich kommen könnte. Nicht einmal die Zehn Gebote waren diesbezüglich hilfreich, zumal das Begehren des Nächsten Frau mir gar nichts sagte und das Begehren meines Nächsten Gutes zu den Freundschaften mit anderen Kindern dazugehörte. Natürlich begehrte ich das neue Fahrrad des Nachbarbuben oder den neuen Puppenwagen des Nachbarmädchens und sie freuten sich darüber, dass sie etwas besaßen, worum andere Kinder sie beneideten. Das war doch etwas Schönes. Klauen wäre ohnehin niemals in Frage gekommen und von den anderen Kindern oder der Dorfgemeinschaft mit massiven sozialen Sanktionen geahndet worden. Da brauchte es keinen Gott, um einen davon abzuhalten. ′Du sollst nicht töten′ stürzte mich ebenfalls in keine ernsthaften Selbstzweifel, da das Hinscheiden von Kleintieren wie Koppen, Schmetterlingen, Schnecken oder Regenwürmern entweder forscherischen Zwecken diente oder als Kollateralschaden beim Spielen dazugehörte.

Schließlich half mir aber der Religionsunterricht in Vorbereitung der Beichte vor der Erstkommunion doch noch auf die Sprünge. Als Beispiele für sündhaftes Verhalten wurden von der römisch-katholischen Religionspädagogin genannt: *Ich habe gelogen* und *Ich habe meinen Eltern nicht gehorcht*. Dankbar nahm ich diese beiden Vorschläge auf und brachte diese – und ausschließlich diese - in Form der beiden Standardsätze in den kommenden Jahren bei der österlichen Beichte stets pflichtbeflissen vor. Dann wurden mir in der Regel drei

Vaterunser aufgetragen. Damit war die Angelegenheit wieder für ein Jahr erledigt.

Erst nachdem ich gefragt hatte, woher die Bücher kamen, erzählte meine Mutter von Onkel Hans. Sie wusste nur wenig über ihn - dass er sehr gescheit gewesen war und Geige gespielt habe. Er war ums Leben gekommen, bevor sie ins Haus gezogen war. Wo die Geige war? Sie wusste es nicht. Ich fragte meinen Vater. Er hatte nie zuvor von seinem Halbbruder gesprochen. Hans sei ganz anders als die anderen gewesen. Im Dorf hielten ihn die Leute für seltsam und eigenbrötlerisch. Er las viel, spielte neben Geige auch noch andere Instrumente und gab sein Geld für Bücher und Musiknoten aus. Und er hegte eine Begeisterung fürs Kanufahren. Kurz vor seinem Tod hatte er für die Europameisterschaft trainiert. Als er nach heftigen Regenfällen auf der Bregenzer Ache in Vorarlberg kenterte, kam er mit nur fünfundzwanzig Jahren ums Leben. Vierzehn Tage lang war er verschollen, dann wurde er im Bodensee aufgeschwemmt. Mein Vater musste die Leiche identifizieren. „Eine Wasserleiche ist nicht schön, weißt du, ganz aufgedunsen. Man erkennt den Menschen fast nicht mehr. Er hatte keine Haare. Nur an der Narbe am Oberarm, die er aus dem Krieg hatte, erkannte ich ihn. Die war dick aufgeschwollen. Nicht schön, gar nicht schön anzusehen. Das war schwer.“

Hans war Schneider, so wie alle drei Brüder. Weil der Vater Schneider war und der Großvater schon Schneider gewesen war. Nicht Geiger. Nicht Schreiber. Schneider.

Die *Gstudierten* waren und sind nichts wert in einem Dorf, in dem körperliche Arbeit, Bauerntum und Handwerk hoch gehalten werden. Studenten wurden als Nichtsnutze und Faulpelze angesehen, die die Arbeit scheuten. Selbst wenn er gerne an eine höhere Schule gegangen wäre, so hätte es die Familie nicht erlaubt, denn er hätte damit eher Schande als Ansehen über die Familie gebracht.

„Er hat am Dachboden Geige geübt, auch im Winter, wenn es kalt war. Und im Sommer ist er oft am Bach gesessen mit seinen Büchern", sagte mein Vater. Ein einsames Leben in einem Dorf, in dem die Männer am Sonntag ins Wirtshaus gehen und über die Jagd sprechen und über den letzten Vierzehnender, den sie geschossen haben. Sitzend unter den Geweihen ihrer Väter und Großväter, den Geist mit Bier und Pfeifenrauch betäubend. Nicht verstehend, wie ein Mann in Bücher versinken kann. Allein. Bücher, die ebenso erzählen von Familienbanden, Leid, Ehre und Sehnsucht. Nur anders eben.

Mein Vater erzählte auch, dass Hans, bevor Hitler in Österreich einmarschiert war, einmal verprügelt wurde, weil er Sympathisant der NSDAP war. 1938 stimmten aber dann alle im Dorf für den Anschluss. War er ein Nazi? Ja, vielleicht. Er war Anhänger der NSDAP, also war er wohl ein Nazi. Das erklärte auch all die Bücher, die bis auf wenige Ausnahmen vorwiegend von deutschen Schriftstellern stammten. Eines der wenigen Bücher, das herausstach, war Rudyard Kiplings Dschungelbuch.

Ich entdeckte dicke Kunstbücher mit Bildern von grimmig dreinschauenden Soldaten, von eingespannten Ochsen mit stolzen

Bauern, von Reitern auf sehnigen Pferden und Skulpturen muskulöser nackter Männer, sowie von nackten Frauen mit kleinen Brüsten, breiten Hüften und buschigem Geschlecht. Die meisten Bilder waren in Schwarz-Weiß oder Braun-Weiß mit kontrastreichen dramatisierenden Lichteffekten. Sie wirkten düster auf mich.

Jedes der Bücher hatte ein Bücherzeichen auf der Innenseite des Buchdeckels eingeklebt. *Ex libris* war darauf gedruckt. Und darunter sorgfältig mit Feder sein Name in schwarzer Tinte. Er hatte eine schöne Handschrift. Lange, schmale Schlaufen nach oben und nach unten, die noch stark an die Kurrentschrift erinnerten. Darüber die Zeichnung eines wandernden Männchens mit Beutel am Stock über der Schulter. Vielleicht wäre er auch gerne weggegangen, ausgebrochen aus dem engstirnigen Kreis der Dorfgemeinschaft, hätte gerne studiert und seine Leidenschaft für Literatur, Musik und Sport frei ausgelebt, ohne dafür als Eigenbrötler gelten zu müssen.

In einer Holzschatulle, in deren Deckel zur Verzierung ein Rand aus rankenden Blättern und in der Mitte drei Edelweiße eingebrannt waren, fand ich etwa einhundert Postkarten. Unbeschriebene, gesammelte, von Orten und Städten in Deutschland, der Schweiz und Österreich, alle in Schwarz-Weiß, manche davon in Teilen nachkoloriert. Die Orte lieblich und intakt mit Kirchlein und mächtigen Bäumen, die die Häuser schützend überragten.

In einer anderen vergilbten Schachtel lagerten Fotoalben vom Krieg. Schlammig braune Bilder, so wie die Erde am Feld in Frankreich 1940. Auch Orden fanden sich daneben in einer kleinen stoffbezogenen Schachtel. Sie klimperten, wenn man sie herausnahm. Vergeblich. Es waren lediglich Männerorden in der Schatulle, kein Mutterkreuz. Zwei Kinder von je zwei Frauen reichten nicht aus, um geehrt und hochgelobt zu werden. Anders meine Großmutter mütterlicherseits. Sie hatte acht Kinder, davon vier Söhne und das Mutterkreuz erster Stufe - nur um den ältesten Sohn in Stalingrad wieder zu verlieren. Es muss zu Weihnachten 1942 gewesen sein, als er starb. Er schrieb Briefe - Briefe in denen er von der Kälte und den Entbehrungen erzählte, aber nur ein wenig. Vielleicht weil die Wahrheit nicht durchdringen durfte, vielleicht damit seine Mutter nicht schlimmere Qualen erleiden musste als er selbst. Sie hätte es gewiss nicht ertragen, ihn hungernd und sterbend zu wissen im russischen Winter. Die Familie schickte Pakete und sorgte sich.

Meine Mutter ist überzeugt davon, dass der Geist ihres sterbenden Bruders in der Nacht zum 26. Dezember 1942 an ihr Kammerfenster klopfte und deutlich ihren Namen rief, immer und immer wieder. Als sie aufstand, um nachzusehen, konnte sie im Mondschein nur die unberührte Schneedecke vor dem Haus sehen. In der Nacht zum 27. Dezember hörte sie erneut ein Klopfen, dieses Mal aber nur mehr schwach. Draußen war es dunkel und kalt und es schneite und der Schnee deckte die unsichtbaren Spuren zu. In der Nacht darauf war es still und auch danach hörte sie das Klopfen nie mehr. Kurze Zeit später erhielten sie seinen letzten Brief aus Stalingrad.

Ich gehe am Wasser entlang. Dort wo früher meist zwanzig oder dreißig Forellen unterschiedlicher Größe im klaren Wasser sanft hin und her schwänzelten, schwimmen heute zwei mickrige Fische.

Es war ein Spaß, gekochte, alte Fleckerl-Nudeln hineinzuwerfen und die Forellen beim wendigen Springen zu beobachten, die dicken immer vorerst vorsichtig abwartend, schließlich jedoch die kleinen Forellen dreist verdrängend.

Schwarzfischen war bei der vorhandenen Fülle ein Leichtes und nur die sehr unverfrorenen Schwarzangler, wie mein angeheirateter Onkel Sepp beispielsweise, zahlten ab und an 500 Schilling Strafe, was eine empfindliche Summe darstellte. Er brachte gelegentlich nicht nur Forellen von veritabler Größe vorbei, sondern auch Frösche, deren Schenkel meine Mutter panieren und schwimmend in Fett herausbacken musste. Die Männer verzehrten sie zum Mittagessen mit Gurkensalat und einem Glas Most. Sie schmeckten so delikat und zart wie Hühnerflügel.

An den seichten Stellen mit wenig Strömung gab es auch Koppen, die sich unter den größeren Steinen versteckten. Sie ließen sich durch Umdrehen der Steine aufstöbern und mit etwas Geschick fangen, wenn man sich von der Rückseite näherte, mit zwei Händen von beiden Seiten gleichzeitig unter ihre Körper hineinfuhr und sie so heraushob. Man musste schon genau hinsehen, um sie zu finden, denn sie können ihre Farbe an die

Umgebung anpassen. „Fische sind schneller als Koppen", pflegte mein Vater zu sagen und zog mich damit auf, wenn ich bei einem Geschicklichkeitsspiel gegen ihn verlor. Wir Kinder bauten im seichten Flussbett mit Steinen kleine abgeschlossene Teiche, in die wir die gefangenen Koppen einsetzten. Abends gingen wir nach Hause und kümmerten uns nicht mehr darum. Wahrscheinlich wurden sie von den Ringelnattern, die es reichlich gab, gefressen. Beim nächsten starken Regen wurden die Steine wieder fortgespült.

Der Bach änderte häufig nach heftigen Regengüssen und vor allem nach dem Winter mit der Schneeschmelze sein Erscheinungsbild. Wo im Vorjahr eine Schotterbank war, konnte sich im nächsten Jahr eine Rinne eingegraben haben oder feiner Sand angeschwemmt worden sein. Wir nahmen die Herausforderungen stets mit neuer Freude am Umgestalten an. Die von uns im Sommer errichteten Staudämme aus Flusssteinen mussten wir jedes Jahr neu bauen. Es erforderte höchste Sorgfalt, eine halbwegs dichte Mauer zu konstruieren. Zuerst rollten wir die großen Steine heran, dann wurden dazwischen die mittleren und kleineren platziert. Die verbleibenden Lücken dichteten wir mit Sand und Kies ab, den wir mit der Strömung in die Ritzen hineinrieseln ließen bis die letzten Stellen dicht waren. Auf diese Weise konnten wir den Wasserstand unterhalb des Wehrs um zwanzig oder dreißig Zentimeter anheben, sodass wir quer am Wehr entlang an die zehn Meter schwimmen konnten. In dem kalten Gebirgswasser, das auch im Sommer kaum mehr als neunzehn Grad erreicht, lernte ich schwimmen. Mein

Schwimmreifen hatte ein kleines Loch und ich bemerkte erst nach geraumer Zeit, dass ich nicht mehr vom Schwimmreifen getragen wurde, sondern mich selbst über Wasser halten konnte.

Ich bleibe, wie jedes Mal, wenn ich hier entlangkomme, am Wehr stehen. Unterhalb des Wehrs wurden nach dem Krieg auf beiden Uferseiten grobe, mehr als mannshohe Betonmauern errichtet. Flussabwärts, gerade vor dem nächsten kleineren Wehr finden sich tiefe Einkerbungen, in die quer über den Bach Bretter eingelassen werden konnten. So entstand ein öffentliches Schwimmbad, das man über eine gemauerte Treppe an der Seite betreten konnte. Es existiert jedoch ein altes Foto von dicken im Bassin schwimmenden Baumstämmen, die von Männern mit Sappeln geleitet wurden. Offenbar wurde der Bach in der Vergangenheit auch für den Transport von Holz genutzt.

Die Wiesenflächen an den etwa zwei Meter hohen Seitenmauern werden heute nicht mehr so wie in früheren Jahren gemäht, als wir sie zum Sonnenbaden nutzten. Ich muss meine Füße anheben, um nicht mit meinen Stiefeln in den langen umgeknickten Halmen hängenzubleiben. Diese Landstücke, die nicht in privatem Eigentum stehen, wurden in meiner Kindheit von den Personen gepflegt, die sie nutzten und sich daher verantwortlich fühlten. Heute wird die Landschaftspflege der Gemeindeverwaltung überlassen, die sich auch als Tourismusgemeinde nur wenig um Wohlfühl- und Kraftplätze kümmert. Mich freut es andererseits, dass das Potenzial für den Tourismus von den Lokalpolitikern nicht erkannt wird, denn so bleiben mir diese Refugien unberührt erhalten.

Das Wasser, das jetzt im Herbst grau bis schwarz über das Wehr fließt, formt an der unteren Kante der Wehrplanken einen

Tunnel, in dem man sich verstecken kann. Hinter dem Wasserschwall ist es dunkel und still und immer etwas unheimlich wie in einer Tropfsteinhöhle. Es galt als Mutprobe, sich dahinter zu wagen, denn wir wussten nicht, ob sich dort nicht Nattern oder Ratten aufhielten.

Im Sommer waren mein Mann und ich oft hier am Wehr mit unseren Kindern, früher, als sie noch jünger waren. Wir entzündeten abends ein Lagerfeuer und zu Schulschluss verbrannten sie feierlich ihre am meisten verhassten Schulhefte. Wir brieten Würste und Quicksies, Marshmallows und Brot am Stecken. Austria meets New Zealand – so lebt meine Familie heute - nah und fern, gegensätzlich und verbindend, traditionell und doch exotisch.

Unsere Kinder rutschten in ihrem rasch löchrig werdenden alten Planschbecken aus Babytagen das Wehr hinunter und quietschten und johlten, wenn sie es geschafft hatten durch geschicktes Balancieren trocken zu bleiben, und umso mehr, wenn sie die Balance verloren und kopfüber ins kalte Wasser stürzten.

Jetzt im Herbst hört man nur das Wasser rauschen und gurgeln. Wann immer ich dieser Tage Muße brauche, um über etwas nachzudenken, komme ich hierher, setze mich auf die alte Mauer, in deren Seite die Jahreszahl 1947 eingemeißelt ist, lasse meine Beine hinunterhängen und tauche gedanklich ganz unter im fließenden Wasser, den treibenden Blättern und Stöcken und dem tosenden Rauschen des Wehrs. Es riecht nach Kalkstein, Fisch, Laub und Gras.

Ich hoffe, dass auch meine Kinder mit ihren Kindern zurückkehren werden an den Ort der Erinnerungen, um sie ihren Kindern nicht nur zu erzählen, sondern sie spüren zu lassen. Bloße Füße auf gemähten Grasstoppeln und Ribiseln vom Strauch. Schauerlich sauer. So sauer, dass die Kinder anfangen, sich damit zu bewerfen bis sie schließlich bedeckt sind von rosa Streifen, die sie ablecken von den Armen, um dann wieder in den Bach zu hüpfen.

Am gegenüberliegenden Flussufer hängen Lianen schlaff von den kahlen Haselnussstauden, dürre lange Äste. Wir haben sie zurechtgestutzt, indem wir die Röhrchen zwischen den Knoten herausschnitten. Dann haben wir sie geraucht. Die Buben hatten immer ein Taschenmesser und Streichhölzer mit dabei. Die dünnen Stücke schmeckten am intensivsten, scharf auf der Zungenspitze. Man musste stark saugen an den dünnen Stängeln, um sie am Brennen zu halten, weil das Loch in der Mitte sehr klein war. Das großgewachsene Mädchen vom benachbarten Bauernhof, die schon in der Volksschule Brüste hatte, hat uns wegen des Rauchens bei der Lehrerin verpetzt. Als sie mich vor versammelter Schulklasse zur Rede stellte, wurde mir heiß und kalt. Ich war feige und schob alles auf die Buben. Sie hätten mich unter der Androhung, mich in den Bach zu werfen, gezwungen zu rauchen. Die Buben stritten alles ab. Dann wurde nicht mehr darüber gesprochen. Heute ist das Mädchen von damals eine füllige Köchin, die den Bauch herausstreckt, die Brust zurücknimmt und das Kinn nach vorne schiebt. Sie hat einen struppigen Hund mit Unterbiss, der Mopedfahrer, die an ihrem Haus vorbeifahren, in die Waden zwickt. „Dogs are like their owners", sagt mein Mann.

Ich gehe weiter flussabwärts und trete, dem Weg folgend, in ein Buchenwäldchen ein, in dem im Frühjahr zwischen den dicken Stämmen Bärlauch wächst so weit das Auge reicht und den zartgrünen Blättertunnel in einen intensiven Knoblauchduft taucht. Dazwischen findet sich auch das eine oder andere Maiglöckchen. „Schau auf die Unterseite", sagte meine Großmutter, wenn wir Bärlauch für eine Suppe sammelten. „Wenn die Blätter glänzen, ist es ein Maiglöckchen. Und die Maiglöckchen haben immer zwei spitz nach oben zeigende Blätter, die Bärlauchblätter sind weicher, hängen an den Spitzen nach unten und es wächst immer nur ein Blatt am Stängel."

Jetzt im Herbst ragen die mächtigen Äste der hochgewachsenen Buchen kahl in den Himmel. Der Boden ist von nassem Blätterpapp bedeckt. Ein Hund kommt mir mittig am schmalen Schotterstreifen entgegen. Zielstrebig trabt er an mir vorbei, vielleicht auf dem Weg zu einer läufigen Hündin. Niemand sonst ist unterwegs.

Es ist dieses Waldstück, das ich mir vorstellte, als mein Vater mir einmal erzählte: „Als ich noch ein Bub war, sind die alten Frauen manchmal am Wegesrand stehen geblieben. Sie spreizten die Beine und verrichteten unter ihren langen Röcken im Stehen die Notdurft." Seither taucht dieses Bild immer wieder in meinem Kopf auf, wenn ich hier entlanggehe.

Alte, umso mehr alte und alleinstehende Frauen standen überhaupt für eine abstoßende Ursprünglichkeit, Schrulligkeit,

Nachlässigkeit und Ungepflegtheit. Die Grenzen zu den Hexen der Märchenbücher verschwammen zuweilen. Schmuddelige Kopftücher, lange Barthaare aus Muttermalen und Warzen kannte ich nicht nur aus Büchern. Alte Frauen kamen nicht gut weg, weder in Geschichten noch in der Dorfgemeinschaft. In den Märchen und Geschichten rührten die negativen Attribute von einer ausdrücklichen Boshaftigkeit her. In der Realität waren die negativen Zuschreibungen aber wohl Folge nachlassender Selbstdisziplin und abnehmender Ansprüche an sich selbst, denen eine opportune Verschiebung des Selbstbildes und der gesellschaftlichen Normen des Zusammenlebens vorausging. Den alten Männern hingegen wurden Eigenschaften wie Besonnenheit und Umsichtigkeit zugeschrieben und eine Regression ins schelmisch Bubenhafte als Liebenswürdigkeit sowie der Müßiggang als verdienter Lebensabend zugebilligt. Dass Männer immer und überall ungeniert ihre Notdurft verrichteten, Wansterlinge oder dürre Männlein waren, unrasiert oder ungepflegt, veranlasste kaum jemanden dazu, sich abfällig zu äußern oder zu spötteln.

Am Ende des Weges durch den Hain steht ein abgewohntes Holzhäuschen mit grünen Fensterrahmen. Rosi, die alte Frau, die unsere Hasen im Herbst tötete, wohnte hier. Sie hatte prächtige feste Salathäuptel in ihrem Garten. Mein Schulweg führte am Gemüsegarten und dem Haus vorbei. Manchmal sah ich Kotwürstchen neben dem Gemüse auf den Beeten liegen. Ich verabscheute als Kind Salat und Gemüse und beim Kauen stellte sich unweigerlich ein Würgereflex ein. Meine Mutter, die der

Ansicht war, ich sei zu dünn und kränklich, versuchte mich im Guten und im Bösen zum Essen zu bringen. Oft musste ich eine Stunde lang vor meinem kalt werdenden Essen sitzen bleiben, während sie das Geschirr wusch. Es gab kein Entrinnen und manchmal wickelte ich unbemerkt Stücke in mein Taschentuch oder ich stopfte die letzten Reste in meinen Mund, um mich dann stumm zu entfernen und den Breiklumpen vor dem Haus ins Gras zu spucken.

Noch mickriger wurde ich, als ich im Alter von sieben Jahren Keuchhusten bekam. Die einstündige Fahrt mit dem Postautobus in die nächste Stadt zum Lungenfacharzt war eine einzige Tortur. Im Bus hatte ich immer mein Speibsackerl dabei und zog die mitleidigen Blicke der Mitfahrenden auf mich. In der Stadt angekommen spie ich auf der Straße in alles, was sich anbot, von Mülleimern zu Blumentrögen bis zur Handtasche meiner Mutter.

Die Golginger Rosi lebte ohne Mann mit ihrem erwachsenen Sohn in dem alten Häuschen, an das ein kleiner Ziegenstall angebaut war. Er war mir unheimlich mit seinem langen ungepflegten Bart und seinem krummen, nach vorne gebeugten Gang. Obgleich meine Eltern es nie ausdrücklich erwähnten, spürte ich dennoch, dass ich ihm besser aus dem Weg gehen sollte und dass auch sie ihm nicht recht trauten. Er war ein von seiner Mutter vertaner Nichtsnutz, der sich mit niederen Gelegenheitsarbeiten, die er nur widerwillig und unregelmäßig ausführte, durchbrachte. Und wenn er mir auf diesem Waldstück begegnete, lief ich so schnell ich konnte nach Hause. Er hatte einen verschlagenen Blick. Hinter vorgehaltener Hand hieß es, er würde sich an seiner Ziege vergehen. Heute steht das Haus leer. Die Mutter starb und der Sohn war daraufhin verkommen und hatte sich zu Tode gesoffen.

Es gab auch noch andere seltsame Männer im Dorf, über die gemunkelt wurde. Siegfried, den wir manchmal im Wald sahen, fürchteten wir wie ein Ungeheuer. Siegfried, wie Siegfried aus der Sage, mit langen weißblonden Haaren bis zum Gesäß und mit einem fast ebenso langen Bart. Die Eltern sagten uns Kindern, dass wir keine Angst zu haben brauchten. Er sei harmlos. Er sei im Krieg verletzt worden. Eine Kopfverletzung. Deshalb ließ er sich die Haare nie mehr schneiden. Seit seiner Heimkehr ging er im Wald umher und war scheu, scheuer als die Rehe. Dennoch war er für uns Kinder das Schrecklichste, das uns im Wald begegnen konnte. Ein Monster. Jemand, der im Kopf nicht mehr ganz richtig war. Sogar die Buben liefen davon, wenn wir ihn von der Ferne sahen.

Das kleine Bauernhaus neben dem Häuschen der Golginger Rosi ist frisch renoviert mit honigfarbenen Doppelglasfenstern und Styroporisolierung. Der alte Weg ist durch eine niedrige Mauer mit grimmigem Schmiedeeisenzaun abgeschnitten. Man muss nun links abbiegen und vorne auf der Straße um das Haus herum gehen. Früher führte der Pfad geradewegs hinter dem Haus am Ziegenstall vorbei. Der Gestank des Ziegenbockes war erbärmlich und würgte mich noch mehr als das Kauen von Gemüse.

Es war für mich das Stinker-Haus, weil der Bauer auch für das Leeren der Güllegruben im Ort zuständig war. Besonders vor Regentagen kam er mit seinem Güllewagen und führte den dicken Schlauch - auf seinem rechts hoch aufgedoppelten Schuh daherhumpelnd - in die Güllegrube ein. Während er eine *Dreier* in seinem Mundwinkel eingeklemmt hatte, pumpte er die Gülle bis auf den dicken Schlamm am Boden des Beckens in seinen runden Tankwagen und verteilte den Inhalt dann auf die angrenzende Wiese. Die Papierfetzen leuchteten aus der Ferne wie weiße Blumen auf dem Gras.

Mein Schulweg führte direkt am Ziegenstall des Stinker-Bauern vorbei. Christoph, der Sohn unserer kleptomanischen Nachbarin, und ich gingen meist zusammen. Solange ich Erstklässlerin war, gingen wir sogar Hand in Hand. Später nicht mehr. Er holte mich von zu Hause ab und ich schämte mich, dass ich immer noch das Frühstückskoch aus der Flasche trank, das Einzige, das mir meine Mutter zu früher Stunde schmackhaft machen konnte. Christoph war zwei Jahre älter als ich. Wenn wir gestritten hatten, ging er alleine voraus. „Du traust dich ja doch nicht alleine gehen, weil du dich vor dem Ziegenbock fürchtest", sagte er, um mich zum Einlenken zu bewegen. Dann versöhnten wir uns wieder.

Später kam er jedes Jahr als Krampus verkleidet in unser Haus. Und obwohl ich sicher war, dass er es war, der sich unter der Maske verbarg, fürchtete ich mich unendlich und betete auf sein Geheiß. Am nächsten Tag traf mich sein schelmischer Blick und ich schrie ihn wütend an: „Ich wusste sowieso, dass du es warst und hab nur aus Spaß gebetet!", um ihm seinen Triumph zu nehmen.

Gegenüber dem Stinker-Haus stand eine kleine Keusche mit nur einem Raum im Erdgeschoss und einem Dachboden, in dem Heu gelagert wurde. Die Witwe Züla, die alleine darin wohnte, hatte an die zwanzig Katzen, die überall und auf ihr saßen. Meine Mutter brachte ihr oft Fleischreste aus der Hotelküche für die Katzen mit, wissend, dass sie sie selbst kochen und essen würde. Aber auf diese Weise konnte sie ihre Würde wahren. Man sagt, sie habe sich nie gewaschen oder frisch gekleidet und sei im Krankenhaus gestorben, als sie entkleidet und gebadet wurde.

Ich nähere mich dem Dorf, biege jedoch noch vor den ersten Häusern der Hauptstraße nach rechts ab und gehe über die Brücke den Wanderweg auf der gegenüberliegenden Seite des Baches wieder stromaufwärts.

Von der anderen Straßenseite deutet ein Mann mit seinem ganzen erhobenen Arm zum Gruß. Ein ehemaliger Schulkollege. Rot um die Augen, blau um die Nase und aufgedunsen vom Alkohol, schreitet er zügig dem Eingang des Gasthauses entgegen, eine Zigarette in der anderen Hand haltend. Alt sieht er aus. Ich wohl auch. An diesen Begegnungen wird mir für einen kurzen Augenblick mein eigenes Alter bewusst und mein verzerrtes Selbstbild zurechtgerückt, demzufolge ich erst gut dreißig Jahre alt bin. Ich fühle mich bei Weitem nicht so alt, wie mir die anderen erscheinen, und ich verdränge die Ahnung meines gealterten Selbst sogleich wieder. Ich deute zurück. Mehr haben wir uns nicht zu sagen.

Die meisten meines Jahrgangs blieben im Ort und setzten ihre lineare Biografie wie erwartet fort. Nur manche gingen weg, um anderswo eine höhere Ausbildung oder ihr Glück zu suchen. Bankangestellter, Bürgermeister, Dachdecker, Tischler. Die Burschen rückten ihren Vätern nach. Die Mädchen traten in die Fußstapfen ihrer Mütter im Wettlauf um die besten Keksrezepte im regionalen Kochbüchlein, das vor Weihnachten bei der jährlichen Bücherausstellung im Pfarrhof erstanden werden konnte, und eifernd um den üppigsten Blumenschmuck am Balkon. Im Sommer lassen die Geranien und Petunien die Häuser wie speiende Ungetüme aussehen, die die Leere und Sinnlosigkeit auskotzen, welche aus dem Zurückgeworfensein der Frauen auf Mutterschaft und Haushalt wuchern. Jetzt ist alles winterfest gemacht und nur die Erikastöcke schlummern auf den Fensterbänken.

Rechter Hand, unweit des Baches, liegt das Mühleck, ein Gutshof mit hohen Birken. Das Haus ist kaum zu sehen hinter dem hohen Gebüsch und der Flusssteinmauer, die oben mit Schindeln abgedeckt ist. Dort und da blitzen die grünen Fensterläden durch. Die beschlagenen Scheunentore drohen gewaltig. Eine wohlhabende und alteingesessene Großfamilie, die im Dorf hoch angesehen ist und mit ausgedehntem Waldbesitz gesegnet ist. Die braune Vergangenheit tut ihrem Status im Dorf keinen Abbruch. Sie waren immer schon politisch engagiert und sitzen heute genauso wie damals im Gemeinderat. „Sie haben unterm Hitler die Leute verraten", erzählte mein Vater einmal, „die Kommunisten und die Behinderten. Die sind dann weggebracht worden. Dabei hatten sie selbst einen in der Familie, der nicht ganz richtig im Kopf war. Den haben sie versteckt."

Für mich war es unverständlich, ja unfassbar, dass derart grässliche Dinge geschehen konnten und niemand aufgeschrien hat. Doch selbst nachdem ich mehrmals nachgefragt hatte, wie viel oder was man denn gewusst hätte, wichen meine Eltern aus. Man habe nichts Genaues gewusst. Und wenn doch, was hätte man denn tun können. Dann wäre man eben auch verhaftet worden. Sie beide seien damals noch so jung gewesen - Kinder - zu jung, um zu verstehen. Diese ausweichende Antwort passte nicht zusammen mit den komplexen rationalisierenden Erklärungsversuchen, warum Hitler an die Macht gekommen sei. Meine Mutter meinte beharrlich, alle seien sehr arm gewesen, nur die Juden hätten Geld gehabt. Und als der Hitler kam, hätten die Menschen wieder Arbeit gehabt und es sei eine Autobahn gebaut worden. Ich bin sicher, meine Eltern haben in ihren Kuhdörfern niemals auch nur einen einzigen Juden zu Gesicht bekommen. Und wie hätten sie in ihrer an anderer Stelle behaupteten kindlichen Unwissenheit erfassen können, dass es in Wien reiche Juden geben sollte? Es ergab für mich keinen Sinn, wie dieses Narrativ vom reichen Juden bis in die tiefsten Gebirgsdörfer vordringen und auf fruchtbaren Boden fallen konnte.

Bis heute schüttelt meine Mutter den Kopf in Fassungslosigkeit, dass der Brandsteller Heinerl nach dem Krieg inhaftiert worden war. Er wäre doch nur ein staatstreuer Mann und fleißiger Bauer gewesen, der sich unter Hitler politisch als Vizebürgermeister engagiert hätte.

Man sei nur froh gewesen, als der Krieg vorbei gewesen war. Da hätten die Soldaten ihre Gewehre irgendwo in einem Wald an einen Baum gelehnt und wären nach Hause gegangen. Mein Vater selbst hätte Glück gehabt, meinte er, denn als sechzehnjähriger Schneider hätte er nur Uniformen flicken und ändern, Kragenspiegel und Ärmelstreifen aufnähen und vor allem die Uniformen aufbügeln müssen. An die Front habe er nie einrücken müssen und sein älterer Halbbruder habe Glück gehabt, weil er in Griechenland mit Malaria infiziert worden und somit für den Kriegsdienst nicht mehr tauglich war. Franz habe über Jahre immer wieder nach Wien zur Behandlung fahren müssen.

Es sei aber auch eine gefährliche Zeit gewesen, gefährlich für alle, und insbesondere gefährlich, wenn man den Feindsender hörte, und dennoch taten es viele. Die deutschsprachigen Sendungen der BBC konnte man nur unter größter Vorsicht und bei drohender Verurteilung heimlich unter der Bettdecke hören. Das habe der Bruder meiner Mutter regelmäßig gemacht. Da habe man schon einiges mitbekommen.

Man wusste offenbar auch in den kleinen Dörfern, dass es Orte gab, an denen schlimme Dinge passierten. Offen darüber sprechen traute sich niemand. Und später wollte man nicht mehr darüber sprechen, bediente sich kryptischer Beschreibungen, sprach von wegbringen, einsperren, wegsperren, unterbringen, verbringen, verfrachten. Niemand sprach Wörter wie *ermorden* oder *töten* aus, vielleicht aus Scham darüber, dass man damals nicht dagegen aufgetreten war und eben nicht deutlich genug protestiert hatte.

Umso mehr war ich zutiefst erschüttert, in gewisser Weise aber auch erleichtert über die Offenheit eines Professors im Gymnasium, der uns im Lateinunterricht erzählte, er könne sich noch gut erinnern, dass er als Kind die Leichenberge im KZ Ebensee gesehen hatte. Wenn er vom Zug aus auf das Gelände des Konzentrationslagers blicken konnte, hatte er diese Berge toter Menschen gesehen, nackt und einfach aufeinander geworfen. Nicht nur einmal, sondern jedes Mal.

Trotzdem schien die schreckliche Zeit in den Köpfen noch lange nicht als solche eingebrannt, ganz im Gegenteil. Bemerkungen wie: „Alle waren damals arm, niemand hatte

Arbeit, alle hungerten – nur die Juden hatten das Geld – und dann gab es plötzlich Arbeit. Und er baute eine Autobahn", wurden wie stumpfe Rechtefertigungen wieder und wieder hervorgezerrt.

Dass die Bauern schwarz schlachteten, um das Fleisch nicht abgeben zu müssen, wurde als Kavaliersdelikt in einer schlicht schwierigen Zeit gesehen.

Ein dunkelgrüner Jeep kommt aus der Einfahrt des Gutshofes und fährt an mir vorbei. Der Fahrer trägt einen Steireranzug, kleinkariertes Hemd und einen Hut mit grüner Schnur und Gamsbart. Der Münsterländer sitzt im Fond. Ich nicke ohne Lächeln zum Gruß. Er nickt zurück und sieht mich länger als nötig an, mustert mich, versucht mich einzuordnen. Er erkennt mich nicht und auch wenn er mich zuordnen könnte, würde ich nicht zu jenem Kreis der Frauen im Dorf zählen, für die er den Hut lüften würde.

Ich überquere die Brücke, um mich auf der anderen Seite des Baches auf den Rückweg zu machen. Alles ist vertraut und doch nicht mehr meine Welt. Die Spazierwege sind jetzt breiter ausgelegt für die Urlauber. Sie wurden mit hellgelbem Flussschotter befestigt, der seitlich leicht abfällt. Zwei Menschen könnten jetzt nebeneinander spazieren. Früher führten die Kieswege wie Rinnen durch das Gras und waren so schmal, dass man hintereinandergehen musste.

Spazieren ging man sonntags nach dem Mittagsschläfchen oder zu Zeiten, wenn das Wetter zu schlecht war, um im Garten zu verweilen. Ich hasste es, als Einzelkind mit den zielstrebigen Eltern zu gehen. Vorne der Vater, in der Mitte ich, hinter mir die Mutter. Es war mehr ein sich vorwärts Kämpfen als ein beschauliches Schlendern, mehr ein Abarbeiten einer Pflicht als ein Genießen und Eintauchen.

An jenem Wochenende, an dem ich meine erste Menstruation bekam, gingen wir auch spazieren. Ich im grauen Glockenrock mit der dicken Binde zwischen meinen Beinen, nur kurze Schritte wagend, immer mit der Angst, dass Blut auslaufen könnte und dass ich mit einem roten Fleck auf der Kleidung herumlaufen würde. Ich fühlte mich alt, beschmutzt und verletzlich.

"Um Himmels willen, jetzt kannst du auch schwanger werden", warf mir meine Mutter angesichts der rot befleckten Unterwäsche vor die Füße.

Es war das letzte Mal in meinem Leben, dass ich mich meiner Mutter anvertraute, das letzte Mal, dass ich meine Eltern auf einem Spaziergang begleitete und das letzte Mal, dass ich mich einreihte. Denn es war nicht mütterliche Fürsorge, die ich spürte, sondern ihre Verachtung. Verachtung für das Frausein und für das Gebären von Kindern. Wie sehr musste sie mich als Bürde betrachten, wenn das Kinderkriegen keine Freude, sondern Bestürzung hervorrief. Es schwang das Leid der Großmutter mit, die, wie sie mir bei anderer Gelegenheit erzählte, den Milcheimer im Stall niederstellte, „So, jetzt kann ich nicht mehr" sagte, sich ins Bett legte und ihr letztes von acht Kindern zur Welt brachte, das im Alter von zwei Monaten starb. Es schwang Verachtung für mich als Frau und als Mensch schlechthin mit. Von diesem Moment an wusste ich, dass sie mich niemals als autonomen Menschen mit meinen eigenen Wünschen und Bedürfnissen, mit meiner Sexualität, meinen Eigenheiten und Schattenseiten annehmen würde. Meine Kindheit war vorbei, nicht weil ich jetzt eine Frau war, sondern weil ich es nicht mehr aufrechterhalten konnte, das angepasste brave Mädchen zu sein, das um ihr Wohlwollen buhlte oder dem Mangel daran ausgeliefert war. Und aus Trotz würde ich sie in den kommenden Jahren für ihr Misstrauen und ihre Geringschätzung bestrafen. Sie hatte das Teufelchen in mir heraufbeschworen und mir ein Tor geöffnet, um ihr so weh zu tun, wie sie mich verletzt hatte.

Von da an wandte ich mich meiner Tante Antonia zu. Sie ist zwölf Jahre jünger als meine Mutter und meine Mutter hasst sie, weil sie ihr die Kindheit dadurch verdorben hatte, dass sie

Antonias Babysitterin sein musste. Trotzdem hatte Tante Antonia ein Zimmer in unserem Haus, bis sie im Alter von vierzig Jahren ihr eigenes Haus baute. Die Zeit mit ihr war kostbar, denn sie wohnte nur zwei Monate im Frühjahr und zwei Monate im Herbst bei uns. In der Wintersaison arbeitete sie als Köchin in einem Schigebiet und in der Sommersaison in einem Seegasthof. Ich durfte sie jeden Winter und jeden Sommer für ein paar Tage besuchen und übernachtete in ihrem Kabäuschen, das dort wie da winzig und immer im Dachgeschoss lag, wo es im Winter kalt und im Sommer heiß war. Wir spielten bis spät in die Nacht Rommé oder Kanaster und ich wurde mit himmlischen Mehlspeisen versorgt.

Sie war eine lebenslustige Frau, die – ganz anders als meine Mutter – Spaß an den Männern hatte. Ihr habe ich es zu verdanken, dass ich nicht verklemmt aufgewachsen bin. Sie erzählte mir von den Männern, deren Heiratsanträge sie niemals ernst nahm und schon gar nicht annahm, insbesondere nicht jenen eines Verehrers und Zahnarztes aus Düsseldorf, der ihr ein Armband aus gebrauchten Goldkronen schenkte. Wir lachten über das geschmacklose Geschenk und sie machte sich über ihn lustig. Wenn ich heute darüber nachdenke, werde ich den Gedanken nicht los, dass die Kronen für das Armband vielleicht aus einem Konzentrationslager stammen könnten, in dem den ermordeten Juden die Zähne gezogen wurden, um an die Zahnkronen zu gelangen. Wie kann man einer Frau mit so einem Geschenk einen Heiratsantrag machen und erwarten, dass sie Ja sagt?

Ihre Lebenslust, aber wohl auch der ständige Stress im Gastgewerbe und die Unzufriedenheit mit ihrer Lebenssituation schlugen sich in einem exzessiven Alkoholkonsum nieder, der schließlich existenzbedrohend wurde. Eines Tages im Herbst 1985 beschloss sie, aus Eigenem mit dem Trinken aufzuhören. Sie muss durch die Hölle und wieder zurück gegangen sein. Tagelang schwitzte sie ihre Nachthemden durch und erschlug die kleinen Kätzchen, die überall im Haus auftauchten – auf den Kissen der Couch und hinter den Vorhängen. Als sie begann, nachts mit brennenden Kerzen durch das Haus zu geistern, sorgte sich mein Vater, dass sie das Haus in Brand setzen könnte. Er rief den Hausarzt, der sie mit großem Einfühlungsvermögen überredete, sich in das örtliche Krankenhaus einweisen zu lassen. Nach zwei Wochen hatte sie das Schlimmste überstanden und seither keinen Tropfen Alkohol mehr angerührt.

Sie stürzte sich mit Leidenschaft in den Bau ihres eigenen Hauses, das mit seinem wundervollen Obst- und Gemüsegarten bis heute ihr ganzer Stolz und ihre Freude ist.

Ihre Freizeit verbringt sie damit, Abwaschwasser in die Bodenlöcher der Werren zu gießen. Wenn sie dann herauskommen, tötet sie diese und präsentiert sie den Amseln auf ihrer Terrasse.

Ein älteres Ehepaar kommt des Weges. Sie im grauen, wadenlangen Lodenmantel, dünne Strümpfe in schwarzen Gesundheitspumps, ein seidenes Trachtentuch um den Hals, er einen Oberlippenbart und mit hölzernem Stock. Wir gehen wie selbstverständlich rechts aneinander vorbei. In Ländern mit Rechtsverkehr gehen die Menschen instinktiv rechts aneinander vorbei. In Ländern mit Linksverkehr gehen die Menschen links aneinander vorbei. Ich habe mich lange gewundert, warum ich in Neuseeland oft ausweichen musste oder mit anderen Leuten am Gehweg zusammenstieß.

„Grüß dich." Sie kennen mich also von früher. Ich sage „Grüß Gott." Man grüßt immer, auch wenn man die Menschen nicht kennt. Spaziergänger, die nicht grüßen oder zuerst verwundert dreinschauen und dann erst grüßen, sind Touristen.

Mein Vater pflegte meine Mutter zu necken, wenn sie in die Stadt fuhr: „Und vergiss nicht: Nicht jeden grüßen, dem du begegnest!"

Jeder grüßt hier jeden. Das wird einem schon als kleines Kind eingebläut.

Ein dumpfes Gefühl trifft mich in der Magengegend. Als ich zehn Jahre alt war, ging ich mit einem anderen Mädchen die Straße entlang und las von einem Werbeplakat laut den Titel „Black Beauty". Die uns entgegenkommende alte Frau blieb abrupt stehen und keifte mich an: „Was erlaubst du dir, du Rotzmensch, mich blöde Blunzn zu nennen. Das werd' ich deinem Vater sagen, der wird dir schon beibringen, wie man sich zu benehmen hat."

Eine Frau, die aus ihrer Haustür tritt, sieht mich an, lächelt, spricht erstaunt meinen Vornamen aus. „Magda? Grüß dich". In der Stadt bin ich Lena.

Magdalena - so hat mich meine Mutter genannt – nach ihrer Großmutter. Meine Mutter sagte, sie sei eine gütige Frau mit feuerroten Haaren gewesen, die sich vor nichts gefürchtet hätte. Ich habe keine roten Haare und ich fürchte mich durchaus. Ich fürchte mich vor vielen Dingen, vor allem und gerade vor dem Sterben. Meine Mutter fürchtet sich auch vor Vielem, ganz besonders dann, wenn es gerade nichts zu fürchten gibt. Dann sucht sie sich eben etwas, wovor sie sich fürchten kann, und sei´s, dass in Vorarlberg eine Lawine abgehen könnte.

Meine Mutter erzählte oft, dass ihre Großmutter die Kinder immer in ihrem weiten Rock geschaukelt hat. Das stelle ich mir schön vor, viel schöner als auf einer Baumschaukel, auch wenn es nicht so weit hinaufgeht. Da kann man sich bestimmt ganz geborgen fallen lassen und man muss sich nicht mehr fürchten.

Nachdem mich die Frau mit Magda angesprochen hat, fühle ich mich wie ein Kind und wage es nicht, die freundlich Grüßende ebenfalls mit Du anzusprechen. Durch das Wegziehen in die Stadt und in der langen Abwesenheit hatte ich keine Gelegenheit mit diesen Menschen zusammen zu reifen. Ich werde jedes Mal auf ein kindliches Selbstbild zurückgeworfen. Es existieren keine gemeinsamen Erlebnisse, auf die ich zurückgreifen könnte, um eine erwachsene Identität entwickelt zu haben. Die Begegnungen im Dorf mit Menschen, die älter sind als ich, verwirren mich jedes Mal aufs Neue. Ich versuche herauszutreten aus mir selbst und von außen auf mich zu blicken. Ich strenge mich an, mich mit meinem erwachsenen Körper und mit meinem tatsächlichen Alter zu sehen. Dann richte ich meinen Körper gerade auf, sodass ich noch ein wenig größer werde und frage mich, was sie an mir wahrnehmen, wie sie mich einschätzen und wie sie später mit anderen über mich reden werden. Entspreche ich den Erwartungen, den Normen, den Vorstellungen und sollte es mich kümmern? Ich weiß, dass im Dorf neben alltäglichen Vorkommnissen vor allem über andere gesprochen wird. Jeder weiß hier alles über jeden und noch mehr. „Hat sich dein Sohn schon von seiner Grippe erholt?", oder „Ist deine Tochter aus Amerika zurückgekehrt?", überrascht mich gelegentlich jemand im Vorbeigehen, wenn ich straßenseitig Gartenarbeit verrichte. Dabei ist nie ganz klar, ob die Nachfrage aus Anteilnahme, Langeweile oder Neugier erfolgt. Wahrscheinlich ein wenig von allem.

Als ich ins Haus zurückkehre, geht es mir mit meinem verzerrten Selbstbild nicht viel besser. Mutter wartet bereits. „Es ist schon halb zwölf", sagt sie und schaut vorwurfsvoll auf die Küchenuhr, die zwanzig nach Elf zeigt und immer zehn Minuten voraus geht. Mittagessen gibt es um zwölf. Immer. Auch sonntags. Freitags kein Fleisch, besonders nicht am Karfreitag und auch nicht am Aschermittwoch. Die Sirene heult samstags um zwölf. Immer. Auch mein Vater machte seine Mittagspause täglich um zwölf Uhr, obwohl er seinen eigenen Betrieb hatte und völlig frei war in seiner Zeiteinteilung.

Rituale.

Danach legte er sich auf die Eckbank in der Küche, um zu schlafen. „Klappere nicht so mit dem Geschirr, dabei kann kein Mensch schlafen!"

Rollenverteilung.

Ich mache mich in der Küche zu schaffen. Mutter hat den Holzofen bereits am Morgen geheizt. Sie kocht immer am Holzherd, auch im Sommer, obwohl der Elektroherd daneben steht. Wenn die Sonne im Sommer schon hoch steht und es draußen warm wird, wärmer als im Haus, qualmt der Ofen aus allen Ritzen und der beißende Geruch setzt sich für Tage in der Küche fest. Manchmal zündet sie einen großen lockeren Papierfetzen an, um die stehende Luft im Kamin zum Steigen zu bringen. Wenn das nicht hilft, flucht sie und schüttet Wasser in den Herd, um das Feuer zum Erlöschen zu bringen.

„Holz ist immer gut", pflegte mein Vater zu sagen. „Es gibt gleich zweimal Wärme. Im Sommer, wenn man es hackt und im Winter, wenn man es heizt." Jeden Abend hackte er ein wenig für den Winter, bis die Hütte voll war.

Ohne Zentralheizung spielte sich das Familienleben im Winter in der Küche ab. Kochen, Zähne putzen, Hausaufgaben machen. Wo heute der Elektroherd steht, gab es früher eine Ofenbank, auf der man sitzen und sich wärmen konnte. Die Ofenbank war gleichzeitig eine Holzkiste. Hatte jemand vergessen, den Deckel zu schließen, konnte es passieren, dass man wie ein Klappmesser in der leeren Kiste landete, wenn man unachtsam war. Auf einer Stange oberhalb hängte meine Mutter die Wollstrumpfhosen zum Trocknen auf, an denen sich kleine Eisklümpchen um die Waden festgeklebt hatten. Morgens angelte ich meine Kleidung unter die Bettdecke und zog mich dort an.

„Frischluft ist nötig für einen guten Schlaf." Auch im Winter war das Schlafzimmerfenster leicht geöffnet und an der Decke bildete sich nächtens Reif.

Sogar das Weihwasser, in das jeden Abend der Finger gesteckt werden musste, war eiskalt. Die kleine Porzellanschale mit einer Marienfigur hing so weit oben, dass mich meine Mutter hochheben musste, um meinen Mittelfinger hineinstecken zu können. Das Plastikfläschchen zum Nachfüllen in Form einer Madonna mit blauem Krönchen als Schraubverschluss stammte aus Lourdes. Mutter bekreuzigte sich immer mit dem

Mittelfinger. Meine Großmutter hingegen tat dies, indem sie mit der Außenseite des Daumens ein Kreuz auf der Stirn, auf den Lippen und über dem Herzen machte.

Kein Kühlschrank, kein Telefon, keine Waschmaschine. Das kam alles erst, als ich sechs Jahre alt war. Mit Bruno Kreisky. Aber ich weiß nicht, ob es etwas mit Bruno Kreisky zu tun hatte, dass meine Mutter die Wäsche schließlich nicht mehr im großen silberfarbenen Topf am Küchenherd auskochte. Mit einem langen hölzernen Kochlöffel rührte sie die dampfende Brühe. Unterwäsche, Feinrippunterhemden und verklebte Schneuztücher wurden eingetaucht und stiegen als Stoffballons wieder auf. An der Oberfläche bildeten sich bunte Blasen und es roch nach Hirschseife. Nach geraumer Zeit fischte meine Mutter die Teile heraus und hievte die schweren Kübel mit nasser Wäsche in die Schubkarre. Sie ging damit zum Bach hinunter, um die Wäsche zu schwemmen. Auch im Winter. Manche Frauen fuhren täglich an unserem Haus vorbei, auf den Fahrradlenkern rechts und links einen Kübel mit nasser Wäsche. Über gemauerte Stufen schleppten sie die schweren Behältnisse auf ein eigens zu diesem Zweck angefertigtes Holzplateau hinunter, das über die tiefste Stelle der Flussbiegung reichte. Bei Schneeschmelze im Gebirge stieg das Wasser bis zum Rand oder darüber, in Schönwetterphasen mussten sie sich weit zum Wasser hinunterbeugen.

Auf dem kleinen Steg war gerade genug Platz für eine kniende Frau und ein Schaffel. Wenn man nicht aufpasste, trug das Fließwasser auch schon einmal ein Teil davon. Dann musste man laufen, um es weiter unten, wo man mit Gummistiefeln hineinsteigen konnte, wieder herauszufischen. Geschickte Frauen konnten, wie beim Jonglieren, auch zwei oder drei Stücke abwechselnd schwemmen, indem sie ein Stück hin und her bewegten, während das andere von der einen zur anderen Hand im Wasser trieb und wieder aufgefangen wurde.

Die schweren Flickenteppiche wurden im Sommer im Freien auf einem Tisch mit Kernseife geschrubbt, erst die Oberseite, dann die Unterseite, um dann ebenfalls im Bach geschwemmt zu werden. Ich sah gerne zu, wenn die Teppiche im Wasser schwebten, wie große Drachen, die ihre Schwänze schlängelnd hin und her bewegten. Es war schwierig, die vollgesogenen Teile in der Strömung des lebhaft fließenden Baches festzuhalten. Anfangs lief eine braune Brühe ab, bis das Wasser schließlich klar wurde. Es dauerte gut und gerne zwei heiße Sommertage, bis die dicken Teppiche über der Teppichstange hängend trockneten. Wenn sie sorgfältig über die Stange gehängt wurden, floss das Schwemmwasser über die Fransen wie lange dünne Fäden gleichmäßig ab.

Kreisky war immer wichtig. Alle redeten über Bruno Kreisky, besonders auch in der Schneiderwerkstätte meines Vaters. Politik war seine Leidenschaft. Es gab einen Besucherstuhl, der vormittags wie nachmittags häufig besetzt war. Männer aus dem Dorf kamen vorbei, um Scherze zu machen, um zu politisieren und zu diskutieren - über Politik im

Allgemeinen und über Kreisky im Speziellen. Ich verstand: Kreisky ist nicht gut. Während mein Vater und mein Onkel an Lederhosen, Anzügen und Lodenmänteln nähten, sprachen sie über Österreich und Bruno Kreisky, über Deutschland und Willy Brandt. Ich setzte mich auf den Wippteil der schweren Schneidernähmaschine in der Ecke, auf der nur gelegentlich Lederhosen gefertigt wurden, und schaukelte hin und her, während die Männer laut redeten und wild gestikulierten. Sie diskutierten über die Sozialisten und die Kommunisten, über die PLO und die Bombenanschläge der RAF.

Politik und Politiker mussten sehr wichtig sein, folgerte ich damals. Wenn über ein Thema so viel gesprochen wurde und wenn die Männer sich derart in ein Thema hineinsteigern konnten, dass – wie erzählt wurde – der Mangelberger Toni sein Fernsehgerät zertrümmerte, weil die von ihm favorisierte Partei die Wahlen verloren hatte, musste Politik enorm wichtig sein.

Doch nicht nur zum Politisieren kamen die Männer. Sie kamen auch einfach, um sich die Zeit zu vertreiben, ohne ins Gasthaus gehen zu müssen, gelegentlich auch um eine Zigarillo zu rauchen, obgleich mein Vater das Rauchen missbilligte und selbst niemals rauchte. Er verabscheute das Qualmen. Vor allem äußerte er sich stets abfällig über die schlechte Angewohnheit meiner Mutter, zu rauchen. Ich war besonders angewidert von unserem Steuerberater, der einmal im Jahr ein oder zwei Tage lang in unserer Küche saß, um die Buchhaltung zu erledigen und dabei einen großen Aschenbecher an einem halben Tag füllte. Er stank, keuchte und hustete, als müsste er verrecken, und seine Wurstfinger waren ganz gelb. Er starb lange vor seiner Pensionierung an Lungenkrebs.

Mein Vater war ein intelligenter, geistreicher und vor allem ein lustiger Mann mit spitzbübischem Humor, der gerne Witze erzählte und Witze machte. Es wurde viel gescherzt und gelacht in der Schneiderstube. Die meisten der Witze verstand ich nicht, wohl auch deswegen, weil sie oft anstößig waren. Das konnte ich Lachen der Männer erkennen.

Zwischendurch bereitete mein Vater eine Paste aus Mehl und Wasser zu, um die Lederhosenteile, anstatt sie zu heften, zusammenzukleben, bevor sie genäht werden konnten. Manchmal fluchte er über die üblen Gerüche der gebrauchten Lederhosen, die ihm zur Reparatur gebracht worden waren, und bei anderen Materialien machte er es zur Bedingung, dass diese vorab gewaschen oder gereinigt wurden, bevor er sie übernahm. Aber er fluchte nicht nur über den schlechten Zustand der Bekleidung. Überhaupt begleitete das Fluchen seine Arbeit, wenn die Nadel der Nähmaschine brach, wenn er mit abnehmender Sehkraft das Zwirnsloch nicht mehr traf, wenn er das Bügeleisen zu lange auf einer Stelle gelassen hatte und sich die Schiffsform auf dem Stoff abzeichnete oder wenn sich die immer wieder verwendeten Heftzwirne verhedderten.

Von all dem unbeeindruckt schlief der schwarze Lieblingskater meines Vaters im Winter auf der Fensterbank auf einem alten mehrfach gefalteten Stück Loden, dort wo er gute Sicht auf das Vogelhaus haben konnte, manchmal die Zähne zeigend und meckernd, um dann seine Nase wieder in den Stoff zu drücken und weiterzuschlafen, so als wollte er sich selbst kurz daran erinnern, dass er ein Raubtier sein könnte.

„Werd' bloß nicht Schneiderin", beschwor mich mein Vater eindringlich. „Es ist ein mühsames Geschäft, das Reißverschlüsse Reparieren und Hosen Kürzen. Und von den wenigen Touristen aus Wien oder Deutschland, die sich während der Sommerfrische hier einen Lodenrock oder einen Wetterfleck schneidern lassen, kannst du nicht leben." Er weigerte sich, mich als Lehrling auszubilden, obgleich ich ihn ausdrücklich darum gebeten hatte. Ich liebte die Stoffe, die bunten Zwirne und vor allem die vielfältigen Knöpfe. Noch heute bewahre ich hunderte verschiedene Knöpfe in einer gläsernen Bodenvase auf, darunter handgeschnitzte Hirschhornknöpfe mit filigranen Hirschen, Rehen oder Gämsen oder in Regenbogenfarben schimmernde Perlmuttknöpfe.

Ich konnte es kaum erwarten, wenn zweimal im Jahr die dicken Musterbücher für die Stoffkollektion des Tuchhauses Silesia ankamen. Im Frühjahrskatalog die delikaten und bunt gemusterten, im Herbstkatalog die festen Woll- und Lodenstoffe für Oberbekleidung. Zwischen den an der oberen Kante eingeklebten Stücken fanden sich skizzenhafte Modellvorschläge. Frauen mit toupierten Haaren und spitzen Brüsten, die Taillen so schmal wie bei meinen aus Amerika geschickten Barbie-Puppen.

Zwischen Zeigefinger und Daumen erfühlte ich die Textur der Stoffe. Meine Finger glitten über die kleinen am Rande gezackten Stoffmuster, drückten das Material zusammen, um zu prüfen, wie leicht es knitterte. Ich stellte mir vor, wie Kleider, Mäntel, Blusen oder Hosen aussehen könnten, die daraus geschneidert würden. Leider fehlte mir das zeichnerische Talent und so gingen die Kreationen in meinem Kopf schnell wieder verloren. Die Kataloge wurden neben den kostbaren Stoffen sorgfältig in einem tabakbraunen Biedermeierschrank mit Spiegel aufbewahrt. Der Schrank war das einzig wertvolle Möbelstück in unserem Haus und passte so gar nicht zum Rest des Nachkriegsmobiliars. Madame Masson hatte meinem Vater diesen Schrank geschenkt, als sie von Frankreich wieder zurück ins Dorf gezogen war. Wer sie war und warum sie meinem Vater dieses Möbelstück und zwei Gemälde schenkte, bleibt ein Geheimnis.

Insbesondere der Herr Graf war ein häufiger Besucher und ein lauter Mann dazu. Er war ungewöhnlich groß. Wenn er zur Tür der Werkstätte hereinkam, musste er sich etwas bücken und dennoch streifte sein buschiger Gamsbart am Hut den Türrahmen, bevor er den Steirerhut an den beiden vorderen Einbuchten abnahm, um ihn zum Gruß an seine Brust zu führen. Mit einem schmetternden „Grüß dich Gott" ließ er den Bretterboden erbeben.

Seine Tochter Helena und ich gingen zusammen zur Schule. Helena war ein stilles, schüchternes Mädchen, das in der Schule immer ein wenig abseits war. Nicht nur ihre vornehm zurückhaltende Art hielt sie davon ab, sich mit den anderen Kindern einzulassen. Allein die Tatsache, dass sie die einzige Protestantin unter dreiundzwanzig katholischen Kindern war, verlieh ihr eine Sonderstellung, die bei kirchlichen Festen – und derer gab es viele – augenscheinlich wurde.

Sie war ein blasses Mäuschen mit dünnen Haaren. Wenn sie ihren Vater um Erlaubnis zum Weggehen fragen musste, hatte sie in seinem großen, düsteren Arbeitszimmer vorzusprechen. Er saß streng hinter dem schweren dunklen Schreibtisch. Ich konnte weiter hinten in der Tür stehen bleiben, aber sie musste den Raum durchqueren und ganz nach vorne gehen. Der Fußboden des altehrwürdigen Hauses knarrte unter ihren verhaltenen Schritten, während sie auf ihren Vater zuging, der im Licht des Fensters hinter ihm nur als Silhouette wahrnehmbar war.

Doch nicht nur im Arbeitszimmer knarrte der Boden. Das Haus war alt und die Dielen und Decken waren aus dunklem Holz. Mit seinem antiken Interieur zeugt es von einer glanzvollen Vergangenheit. In den Gängen standen Holzstatuen von Heiligen, die mich, weil sie in etwa so groß waren wie ich selbst, jedes Mal aufs Neue erschreckten, wenn ich um eine Ecke bog oder aus einem Zimmer trat.

Auch bei Helena zu Hause trieben wir uns oft auf dem geräumigen Dachboden herum. Wir richteten uns mit den verstaubten Möbeln eine kleine Wohnung ein, in der wir Vater-Mutter-Kind spielten. Als Kind musste eine alte Puppe herhalten. In einer Truhe fanden wir die prächtigen Abendkleider der verstorbenen Großmutter, die wir, obgleich viel zu lange, anlegten und darin herumstolzierten. Für mich waren sie wie aus einem Märchen, denn ich kannte fließende bodenlange Kleider nur aus meinen Geschichtenbüchern, in denen Königinnen und Prinzessinnen in langen, mit Perlen und Edelsteinen bestickten Kleidern aus Samt oder Seide, abgebildet waren. Mein Lieblingskleid war ein silbernes Satinkleid mit einer großen Schärpe, zu dem es eine passende Stola gab. Ich wünschte mir oft, ich könnte es mit nach Hause nehmen.

Nicht nur Helena, auch ihre Mutter war eine stille Frau, nicht unscheinbar, aber unsichtbar, manchmal mit Sonnenbrille.

Wir hatten zu Hause keinen Schreibtisch, aber auch keine Sonnenbrillen.

Ich glaube, der Haushalt des Grafen war der einzige Haushalt im Dorf, der eine Spülmaschine besaß. Allerdings durfte man nur vorgespültes weißes Geschirr und Gläser hineinschlichten. Etwas anderes habe ich in ihrer Küche auch nie gesehen. Die Küche selbst war ein kompaktes, dunkelgrünes Einbauwunder ohne Holzherd, und machte nicht den Anschein, dass jemals darin gekocht wurde.

Helena hatte ihr eigenes Zimmer in Rosa mit Rüschenvorhängen und Spitzenbettwäsche in geplättetem Weiß. Vor allem aber hatte sie ihr eigenes rosa Badezimmer mit flauschigen, übergroßen rosa Badetüchern, in die man sich ganz und gar einwickeln konnte. Sie durfte jeden Tag ein Vollbad nehmen - sie sagte, sie muss. Einmal durfte ich bei ihr übernachten und zusammen mit ihr in dieser wunderbaren Badewanne sitzen, Schaum bis obenhin. Zu Hause galt die Regel: nur samstags und nur eine Handbreit warmes Wasser. Das genügte, um sich zu waschen. Schaum galt als dekadent. Zu Hause gab nur ein Stück LUX-Seife, das während der Woche tiefe Risse bekam, in denen sich braune Ränder absetzten. Nachdem das wenige Wasser gurgelnd durch den Abfluss geronnen war, blieb ein schmieriger dunkler Rand in der Wanne zurück. Die Haare wurden nur vierzehntägig separat im Waschbecken mit Schwarzkopf Shampoo gewaschen, das meine Mutter beharrlich als Kopfwaschpulver bezeichnete. Im Sommer wuschen sich die Männer in schwarzen schlabberigen Badehosen und nur bei Schönwetter im siebzehn oder achtzehn Grad kalten Bach. Sie seiften sich von Kopf bis Fuß mit Kernseife ein, um dann mit schauderhaften Geräuschen im gurgelnden Wasser unter- und wieder aufzutauchen, die Haut rot und blau und wenig später mit Dippeln von den unzähligen Bremsen, die sich auf die nassen Körper stürzten. Meine Großmutter benutzte für ihre Körperwaschungen überhaupt nur ein Lavoir - und sie verwendete ausdrücklich das Wort Lavoir, so wie sie viele andere französische Wörter verwendete. Trottoir, Parterre, Portemonnaie, Paraplü und Kommode fanden ihren Weg sogar in die entlegensten Gebirgstäler Österreichs.

Die Handtücher waren knapp bemessen und vom Bügeln hart wie Bretter. Alles wurde gebügelt, sogar und insbesondere die gerippten weißen Unterhosen meines Vaters - lang oder kurz – und die weiten Flanellnachthemden meiner Mutter. Löcher wurden sorgfältig geflickt, um die großzügig bemessenen Stapel fabrikneuer Handtücher und Geschirrtücher im Schrank aufzuheben - für später. Für wann und wofür später war nicht zu ergründen. Heute liegen die gemusterten Handtücher in Pastellfarben mit eingewebten Rosen, an den Faltstellen vergilbt, immer noch im Schrank. Sie werden wahrscheinlich irgendwann als Reinigungstücher dienen oder als Dämmstoff recycelt werden, zusammen mit den ungebrauchten Bettwäschegarnituren in Größe 130 mal 190 Zentimeter.

Meine Mutter beobachtet mich beim Kochen. Sie gibt unnötige Anweisungen, um meine Unerfahrenheit und ihre Expertise hervorzuheben. Ich koche nicht gerne in fremden Küchen, weil mich die Konzentration auf die nicht vertrauten Geräte und das Auffinden der benötigten Werkzeuge davon abhält, kreativ zu sein. Das Kochen verkommt so zu einem Hantieren und entbehrt jeder Leichtigkeit, mit der neue Variationen entstehen können. Mutter würde unkonventionelle Kombinationen aber ohnehin nicht zu schätzen wissen. Sie bevorzugt klassische und bodenständige Gerichte.

Auf dem Boden in der Küche liegen zwei lange Flickenteppiche. Ich verhasple mich wie so oft und glätte die Falten wieder mit dem Fuß, fluche. Trotz ihres fortgeschrittenen Alters stolpert Mutter nie darüber. Der Hausarzt weist bei seinen gelegentlichen Hausbesuchen stets höflich aber bestimmt immer wieder darauf hin, dass die losen Bodenbeläge eine Gefahr darstellen könnten, was sie geflissentlich ignoriert. Kreativ gestaltete Flickenteppiche waren und sind ihr ganzer Stolz und sie äußert sich verächtlich über Auslegeware aus dem Möbelhaus.

Die Streifen für die Flickenteppiche zu schneiden war Winterarbeit, die gerne zu zweit gemacht wurde. Eine schnitt das Material, die andere nähte mit der Nähmaschine die Enden aneinander. Für die Teppiche wurden die Stoffreste am Rand eingeschnitten und dann in ein bis zwei Finger dicke Streifen entlang der Faser gerissen oder geschnitten. Das Reißen machte ein befreiendes Geräusch. Staub flog, vor allem, weil die Stoffe oft über mehrere Jahre gesammelt wurden. Die Farbfolge wurde beim Zusammennähen der Streifen an den Enden sorgfältig ausgewählt. Nicht zu viele dunkle Stoffstreifen und immer abwechselnd mit hellen Streifen, sonst wird das Stück zu düster. Nicht zu viele helle Streifen, sonst wird der Teppich zu empfindlich.

Wenn der Ballen so groß ist wie ein Fußball, wird das Ende eingesteckt. Man konnte damit spielen. Ein bisschen. Für einen durchschnittlichen Teppich von drei Metern Länge und einem Meter Breite braucht man etwa einen großen Wäschekorb voll Kugeln. Der wurde dann in der Weberei abgewogen. Oft erhielt meine Mutter den Auftrag, noch einige Kilo nachzubringen, um die gewünschte Größe zu erreichen.

In der Weberei arbeiteten Frauen und Behinderte. Auch Adrian, der Sohn der Nachbarin arbeitete dort, als er erwachsen war.

„Er war ein ganz normales Kind, bis er mit drei Jahren eine Gehirnhautentzündung bekam. Warum weiß man nicht, das kann man nie wissen, da kann man nichts tun. Von da an konnte er nicht mehr hören.“

Er war etwa fünf Jahre älter als ich und ich war froh, dass ich nicht Gehirnhautentzündung bekommen hatte. Und ich war froh, dass nicht mehr Krieg war, sonst wäre er vielleicht auch weggebracht worden. Vielleicht wäre auch ich weggebracht worden, dachte ich manchmal. Ich selbst war mit meiner angeborenen Hüftdysplasie ja ebenfalls behindert. Das vermittelte man mir zumindest. Ich merkte nichts davon, aber die Ärzte und vor allem meine Mutter machten ernste Gesichter, wenn es um meine Hüften ging. Meine Mutter wurde nicht müde, darauf hinzuweisen, dass ich dies oder das nicht tun sollte. Nur mit Vorsicht Schifahren - wie kann man vorsichtig Schi fahren? – und sie begleitete mich zu Fuß wie eine Glucke zum Übungshang. Ich verstand: Du darfst nicht so ausgelassen sein wie die anderen Kinder. Brems dich ein, halte dich zurück und vergiss niemals, dass du beeinträchtigt bist. Umso mehr verstärkten sich diese negativen Glaubenssätze, als ich in der Schule vom Turnunterricht befreit wurde und ich mich ausgeschlossen fühlte von der Gruppe tobender Kinder. In Jugendtagen konnte ich schließlich einen Vorteil daraus ziehen, weil ich nach Hause gehen durfte, während die anderen am Nachmittag im Turnunterricht bleiben mussten. Ich gab vor, dass ich mich freuen würde. In Wahrheit aber wäre ich gerne so normal gewesen wie alle anderen auch. Meine Turnlehrerin versuchte mich zu motivieren. Doch ich weigerte mich aus Trotz und sie nahm es zähneknirschend zur Kenntnis. Nur am Schwimmunterricht nahm ich teil und sie, die so schön und braungebrannt und athletisch war – insgeheim verehrte ich sie – ließ mich das Springen vom Sockel und das anschließende Tauchen vor der Klasse vormachen. Ich bin nicht sicher, ob ich es wirklich am besten von allen konnte, oder ob sie mir die Gelegenheit geben wollte, auch einmal etwas zu können. Dafür verehrte ich sie noch mehr. In unserem dritten Jahr schied sie als Lehrerin aus der Schule aus, weil sie eine Tochter zu Welt brachte. Sie kehrte nicht mehr an die Schule zurück. Ihre Tochter kam schwer behindert zur Welt. Das Leben schien ungerecht zu sein. Wie konnte jemand, der vor Gesundheit nur so strotzte, ein krankes Kind bekommen? Aber wenn irgendjemand die Stärke und Güte dafür aufbringen konnte, dann sie.

Meine Mutter erzählt auch heute noch beinahe lustvoll die schaurigen Geschichten über die Besuche beim Orthopäden und wie ich von Mal zu Mal panischer geworden war, wie ich gellend geschrien hatte, als meine Hüften ohne Narkose eingerichtet wurden, wie ich in der Gipshose, die für Stuhl und Urin unten ein Loch hatte, in der Schaukel gesessen war, während die anderen Kinder in meinem Alter schon laufen lernten und ich stattdessen sehr früh sprechen gelernt hatte, so früh, dass ich meine Ambitionen zu laufen, lange mit Worten vorwegnahm, bevor ich es tatsächlich tun konnte. Und auch heute gibt sie mir noch das Gefühl, dass insbesondere sie es war, die unendliches Leid durchgemacht hatte.

In Kindertagen verstand ich nicht, was denn so schlimm sei. Die traumatischen Erfahrungen aus dem Säuglingsalter waren verschüttet und sollten es noch viele Jahre bleiben. Ich spürte nichts von meinem Gebrechen und man sah davon nichts.

Ganz anders bei Heidemarie, einem Mädchen, das mit seiner Mutter in einem Haus unten am Fluss lebte. Sie war ein paar Jahre älter als ich und schaukelte beim Gehen so heftig hin und her, dass ihre Tasche, die sie auf ihren Unterarm hängte, heftig vor und zurückschnellte. Sie fuhr auf einem speziellen Fahrrad mit drei Rädern und wurde stets von ihrer Mutter begleitet. Wenn ich Heidemarie sah, war ich froh, dass ich nicht so stark hinkte, und ich war froh, dass nicht mehr Krieg war.

Es machte mich wütend, als mein Biologieprofessor im Gymnasium meinte, dass Menschen mit Erbkrankheiten keine Kinder bekommen sollten. Ich fragte ihn, ob ich folglich auch keine Kinder haben sollte, wo ich doch eine Betroffene wäre. Da schwieg er betreten, bekam rote Ohren und drehte sich zur Tafel. Heute noch verwundert es mich, dass ein Eugeniker in einer katholischen Privatschule eine Anstellung erhalten hatte.

Jeden Sonntagvormittag ging der taubstumme Adrian an unserem Haus vorbei, immer einen Brief in der rechten Hand sorgfältig vor sich hertragend und immer nur einen, sodass er am nächsten Sonntag wieder zu tun hatte. Seine Mutter gab ihm die Briefe und er trug sie zum Postkasten, was gut und gerne eine Stunde in Anspruch nahm. Er konnte sich wichtig fühlen. Kam er mal sonntags nicht vorbei, musste er krank sein.

Als er starb, zerbrach seine Mutter und verließ ihr Haus nie mehr, verfiel in Depressionen und wünschte sich, sterben zu dürfen. Sie lebt immer noch.

Abaa, abaa, abaa rief er immer nur, schüttelte dabei seinen Kopf und gestikulierte wild. An seinen Gesichtszügen konnte man erkennen, ob er verärgert war oder sich freute. Abaa, abaa,

abaa. Wenn jemand etwas Falsches gemacht hatte, zum Beispiel wenn Kinder unreife Äpfel von den Bäumen herunterrissen, schimpfte er. Abaa, abaa, abaa, mit erhobener Faust und wild herumfuchtelnd.

Er freute sich immer, wenn er meinen Vater sah, denn er pflegte mit ihm zu scherzen. Dann lachte Adrian auf seine eigene Art. Nicht laut, wie andere Menschen, sondern ganz still mit weit aufgerissenem Mund und zusammengekniffenen Augen.

Mein Vater machte überhaupt gerne Späße mit den Leuten, die vorbeikamen. Und es kamen viele Leute an unserem Haus vorbei.

Die Menschen hatten Zeit, stehenzubleiben. Und die Kinder hatten Zeit, johlend davonzulaufen. „Schneider, Schneider meck meck meck", riefen sie ins Fenster und hofften, dass mein Vater mit der langen Schneiderschere drohen würde. „Ich schneide euch die Haare ab", rief er, wenn er die längste seiner Scheren drohend aufschnappen ließ und die Kinder liefen quietschend davon.

Besonders mit den älteren Frauen machte er sich seinen Spaß. Die alte Nachbarin, die immer nach Knoblauch roch, um niemals vergesslich zu werden, und die jedes Gerücht gerne aufnahm, um es zu verbreiten, war ein willkommenes Opfer. Ihr erzählte er abenteuerliche Geschichten und sie erzählte sie weiter.

„Dir glaube ich nichts mehr, du Hund!" Und sie tat es doch immer wieder.

„Eines Tages werde ich dieser alten Schwätzerin die Tratscherei schon noch abgewöhnen", meinte er schelmisch.

Sein liebstes Opfer war die alte Liesl, die ein schlichtes Gemüt hatte. Sie lebte allein und hatte keinen Mann, der ihren Unterhalt sicherte. So verdingte sie sich mit Gelegenheitstätigkeiten. Sie ging von Haus zu Haus zum „Ansagen". Das Beerdigungsinstitut beauftragte sie, die Todesfälle und die Termine für die Beerdigungen anzukündigen. Liesl brachte die Kunde, dass jemand gestorben war und überreichte die Parte, manchmal auch zwei oder drei und bekam dafür etwas Botenlohn. Im Januar starben viele Leute, da verdiente sie etwas mehr.

„Die Leich vom Kofler Martl ist am Dienstag um zwei und die von der Vorderleitner Rosl am Donnerstag um drei. Die Familien lassen bitten."

„Liesl, sag es uns noch einmal. Wie war das? Der Martl am Dienstag um drei und die Rosl am Mittwoch um zwei?" Mein Vater spielte das Spiel so lange, bis sie so verunsichert war, und es nicht mehr genau wusste. Die Männer in der Schneiderstube lachten und sie stob wütend davon, nicht ohne vorher ihre Groschen zu verlangen.

Sie war aber bei Weitem nicht die Einzige mit einem einfachen Gemüt, die aufgezogen wurde. „Klingelingeling ein Auto kommt", pflegte Rudolf zu sagen. Rudolf, der im Armenhaus wohnte. Er war groß, hager und blass, ja fast grau im Gesicht mit schmalen braunen Lippen und einer krummen Nase. Sein Haar war ebenso grau wie sein Gesicht. Die dünnen Strähnen kämmte er straff nach hinten, wo sie fransig über die unrasierten krausen Härchen im Nacken stachen. Er kam gelegentlich an unserem Haus vorbei, wenn er zu seiner von ihm hochverehrten Frau Irma ging, immer ein selbst gepflücktes Sträußchen Blumen mit beiden Händen andächtig vor seiner Brust festklammernd. Vergissmeinnicht im Mai, Zyklamen im August.

Das Armenhaus, in dem nur ältere Leute ohne Familie wohnten, befand sich neben dem Kindergarten und wenn ich nach Hause ging – und es erstaunt mich heute, dass ich im letzten Kindergartenjahr ohne Begleitung nach Hause ging - reichte er mir manchmal ein Päckchen Manner Wafferl aus dem ebenerdig gelegenen Fenster. Mit ein wenig schlechtem Gewissen waren die Süßigkeiten dennoch verbunden, denn es widersprach den strikten Anweisungen der Erwachsenen, niemals und unter keinen Umständen etwas von fremden Männern anzunehmen. Es gebe böse Männer, die mit Kindern schlimme Dinge anstellten. Was genau das sein könnte, wurde unserer Fantasie überlassen und wo Unausgesprochenes verrottet, blüht die Fantasie. Aber ich konnte mir nicht vorstellen, dass irgendjemand böse sein konnte, der seine Fenster öffnete und den Sonnenschein hineinließ.

Ganz anders hingegen war mein Bauchgefühl, wenn ein Bauarbeiter namens Seppl zu uns kam, um sich Werkzeug zu leihen oder mit meinem Vater zu sprechen. Er brachte zwar keine Süßigkeiten für mich mit, aber sein schmieriger Blick musterte mich auf anzügliche Art und Weise. Die blonden Haare in strengen Strähnen mit Pomade nach hinten gekämmt, das Hemd immer einen Knopf zu weit geöffnet. Sein lüsternes Grinsen ließ mich ihm gegenüber unhöflich und mürrisch auftreten. Ich weigerte mich beharrlich, ihn zu grüßen, ja sogar ihn anzusehen. Er stank nach Haartalg, was bei mir die gleiche Übelkeit auslöste wie der Anblick der Hand des Vaters meiner Schulfreundin auf ihrem Knie. Manchmal nahmen sie mich mit ins Schwimmbad mit Sauna im Nachbarort. Ich saß auf der Rückbank und Annemarie nahm vorne im geräumigen Opel Platz. Seine klobige Hand wanderte stets vom Schalthebel am Lenkrad auf ihr Bein und wieder zurück. Dabei klopfte er manchmal auf ihren Schenkel oder umfasste mit Daumen und Mittelfinger ihr Knie. Er betonte stets, dass sie seine Prinzessin sei und kaufte ihr schöne Kleider – schön kurz.

Die Fenster standen im Sommer nicht nur im nahen Armenhaus, sondern auch im Zimmer meiner Großmutter stets offen. Von den vierflügeligen Kastenfenstern wurden zur warmen Jahreszeit die beiden inneren ausgehängt und in den Dachboden gebracht. Die äußeren Flügel hatten Haken an langen Stangen montiert, mit denen man die Fenster im geöffneten Zustand an einer Öse am Fensterstock fixierte, sodass der Wind sie nicht zuschlagen konnte.

Sie hängte ihre bauschige Tuchent mit dem blauen Paisleymuster morgens aus dem Fenster. Die Fensterbänke waren breit, fast so breit wie ein Kinderbett. Ihr Bettzeug duftete herrlich nach Oma und Apfelstrudel. Ich rollte mich darauf zusammen und ließ mir die Morgensonne aufs Gesicht scheinen. Wenn ich mich verletzte, war das Oma-Bett mein Zufluchtsort und Trost.

Von Oma habe ich gelernt: „Mach dein Bett immer morgens, denn da ist es ein Leichtes. Zu Mittag wird es zur Arbeit und am Abend ist es eine Plage."

Ich habe sie nur in gebückter Haltung in Erinnerung und immer mit einer Arbeitsschürze. In ihrem Zimmer, das Küche, Wohnzimmer und Schlafzimmer zugleich war, stand ein Holzherd, in dessen Backrohr sie Apfelstrudel und Kasnudeln briet.

Abends oder sonntags ging sie zur Nachbarin zum Viererschnapsen oder setzte sich auf die Sommerbank. Manchmal allein, manchmal setzte sich ein Nachbar oder jemand anderes, der gerade am Haus vorbeikam, dazu. Manchmal wurde geredet, manchmal nur ein *Ja, Ja,* untermalt von einem Seufzer geäußert. Oft wurde auch nur geschwiegen.

Das schlichte Sitzen ist ganz abgekommen.

„Stell die Pfanne schon vorher auf den Herd, sodass sie so richtig heiß wird. Und lass den Reis nicht in der Mitte stehen, sonst brennt er an."

Ja Mutter, nein Mutter, natürlich Mutter.

Sie war früher eine Haubenköchin gewesen und hatte für Schauspieler, Berühmtheiten und gekrönte Häupter gekocht. Als die beste Köchin Europas wurde sie von manchen bezeichnet, doch langsam vergisst sie diese Fertigkeiten. Heute fragt sie manchmal, wie man ein bestimmtes Gericht kocht. Sie, die fast ein Leben lang Küchen geleitet hat und für alle eine Lehrmeisterin war, kann sich an Vieles nicht mehr erinnern. Dieser Teil ihres Gedächtnisses wurde durch einen Schlaganfall teilweise ausgelöscht, insbesondere die Jahre, in denen Sie zur höchsten Kunst aufgestiegen war. Aus ihrer Kindheit und den Jugendjahren erinnert sie sich an jedes Detail, auch was gestern und vorige Woche gewesen ist. Es ist alles da. Kein Alzheimer. Nur die Krönungsjahre ihrer Kochkunst sind verloren.

Vor fünfzig Jahren war sie ganz vorne dabei, war Teil der Pioniere, die eine neue Küche in Österreich etablierten und sie war die einzige Frau unter den Meisterköchen.

Sie war immer eine Köchin mit viel Leidenschaft gewesen. Anfangs hatte sie noch am Holzherd gekocht, später mit Gas. Ich sah ihr gerne zu, wenn sie die Eisenpfannen mit einer geübten Leichtigkeit im Handgelenk schwenkte. Zum Anbraten des Fleisches wurden mit dem Schürhaken je nach Größe der Pfanne die Metallringe aus der Herdplatte genommen, um auf offenem Feuer zu braten. Gelegentlich schoss eine Stichflamme in der Pfanne hoch und sie stand mit roten Backen im orangen Feuerschein, immer ein Liedchen pfeifend. Sie hatte immer einen tiefen Teller mit Butter neben der Kochstelle. „Butter und Salz oder Butter und Zucker und hochwertige Zutaten sind die einzigen Geheimnisse guter Küche. So bekommst du Geschmack ins Essen", war ihr Motto. Und der Erfolg gab ihr recht.

Jetzt stehe ich am Holzherd und spüre die trockene Hitze im Gesicht und genieße das Gefühl dieser intensiven Wärmestrahlung auf meiner Haut.

Als Kind verbrachte ich einen Großteil meiner Zeit in der Küche, weil meine Mutter im Sommer meistens von acht bis vierzehn und von siebzehn bis einundzwanzig Uhr arbeitete. Köche begannen früh morgens mit den Vorbereitungen, da es keine Fertiggerichte, keine Mikrowelle, kein Convenience Food für die Gastronomie gab. Da waren simple Speisen gefragt, wie beispielsweise Obstplatte zum Dessert. Ich durfte die Weinblätter auf die Glasteller platzieren. Und Frühlingsbrote zur Vorspeise - Weißbrotscheiben mit Reihen von Radieschen, Gurken, Karotten und Eiern. Bunt und rudimentär, aber von erstklassiger Qualität. Gekocht wurde, was die Natur zur jeweiligen Jahreszeit hergab. Den besten Wildbraten, den man sich vorstellen kann, Entrecote nach Art der Großmutter und Rostbraten á la Therese. Salzkammerguttorte. Oft erzählt sie von Promis und Prinzen, von Caroline von Monaco und ihrem Schoßhündchen, das vom

Jagdhund des Hauses beinahe totgebissen wurde, von Peter Kraus und Gunter Sachs.

Doch seit Jahren lässt sie sich bekochen. Erschöpft ist ihre Energie und ihre Freude daran. Essen hingegen ist immer noch höchster Genuss für sie. Auch Exotisches, wie Langusten oder Trüffel, Passionsfrucht oder Fasan. Sie wird leiden, sollte sie einmal im Heim leben müssen mit Kantinenküche und Geschmacksverstärkern.

Beide haben wir es bis heute nicht geschafft, während des Kochens aufzuräumen, und die Küche gleicht hinterher einem Schlachtfeld. Es gab immer eine Abwäscherin, die sich darum kümmerte, dass die Utensilien wieder frisch gereinigt zur Hand waren.

Kochen bedeutet für mich Seelenheimat und Entspannung, Kreativität und Bauchfrieden. Nach stressigen Arbeitstagen im Büro, mache ich mich in meiner Küche breit und singe dazu Opernarien. Aufgeräumt wird nach dem Essen, denn das Aufräumen bremst die Kreativität, die Konzentration auf Geruch und Geschmack. Kochen und Essen sind pure Lust.

„Gar nicht so schlecht", meint sie, als sie mein Geflügelcurry kostet. Ich nehme es als Kompliment.

Für den Kirchgang ziehe ich nun doch meinen schwarzen Mantel an. Ich beuge mich dem Wunsch meiner Mutter - für den einen Tag. Sie muss dieser Gesellschaft und den ungeschriebenen Regeln der Dorfgemeinschaft in einem Ort, in dem jeder jeden kennt, täglich gerecht werden.

Aufgesetzte Ernsthaftigkeit als Überwurf auf dem Fußweg zur Kirche. Es ist Allerheiligen. Das ist ernst. Ein Lächeln dort und da zum Gruß. Neugierige Blicke. Ich bin die, die in die Stadt gezogen ist.

„Wie geht's dir denn?"

„Gut", ist die Antwort, die erwartet wird. Wohlwollendes Lächeln, weil ich heute ihren Erwartungen zu gegebenem Anlass entspreche.

Wir gehen meinen alten Schulweg zur Kirche, vorbei am Kindergarten, in dem wir Kinder bei Ungehorsam zur Strafe auf dem harten Holzboden liegen mussten.

Vorbei an der Volksschule, in der meine Mutter im Winter aushilfsweise Schulsuppe kochte, wenn die Schulköchin krank war. Zucker und Mehl von UNICEF. Dabei hatten wir doch in der Schule gelernt, dass die armen Kinder in Afrika lebten und hungerten. Franz Jonas und das Kruzifix an jeder Stirnwand der Klassenzimmer.

Vorbei am ehemaligen Kirchenwirt, der heute eine Bar ist, die nur an vier Abenden der Woche geöffnet ist. Im Gastgarten klotzen im Sommer trendige orangefarbene Plastikstühle, die die Klappstühle aus Holz und dunkelgrünem Metall ersetzen. Der Kirchenwirt, also der Wirt neben der Kirche, machte immer gutes Geschäft mit den Zehrungen nach Begräbnissen, bei denen dampfende Leberknödelsuppen und knusprige Schweinebäuche serviert wurden. Am wichtigsten war der Kirchenwirt jedoch an Sonntagen, wenn die Männer – und nur die Männer – nach dem Hochamt ihre Halbe Bier tranken. Die Frauen eilten derweil nach Hause, um Mittagessen zu kochen.

Es gibt nicht mehr viele Gasthäuser im Ort, die als traditionelle Wirtshäuser betrieben werden. Früher hätte man alle Dorfbewohner in den mehr als fünfundzwanzig Gaststätten unterbringen können. Sie waren soziale Treffpunkte, Zufluchtsorte und Gesprächstherapieräume. Besonders zu später Stunde konnte es vorkommen, dass einer den letzten Hockenbleibern und dem Wirt im dämmrigen Schein der Schankbudelbeleuchtung anvertraute, dass er in Amsterdam in einem Bordell gewesen war, wo die Frauen nur kleine Quasten an den Brustwarzen trugen, und knappe Höschen, die von den prallen Hinterteilen verschlungen wurden.

Zu fortgeschrittener Stunde gestand der Schurer Poldi der Wirtin beim x-ten Viertel Wein, dass er Penis und Muschi zugleich hatte, und sowohl Samenergüsse als auch Menstruation, nicht ohne die Wirtin zu fragen, ob sie ihm zu Monatshöschen oder Bindengürtel raten würde. Er war von feingliedriger Statur mit langen schlanken Frauenhänden und hatte dennoch die schwarzen Bartstoppeln eines Mannes. Offenbar hatten seine Eltern bei seiner Geburt entschieden, dass er ein Junge sein sollte, Leopold, und sie kleideten ihn dementsprechend. Er blieb zeitlebens allein und nicht nur allein, sondern auch einsam.

Vorbei am Haus des früheren Krämerladens. In den späten Siebzigerjahren wurde das winzige Geschäft zu einem Supermarkt mit großen Auslagen umgebaut. Vor fünfzehn Jahren begaben sich die ehemals jungen Kaufmannsleute in den Ruhestand, bauten ein Wohnhaus und hängten gleichförmige dichte Store in die Fenster.

Als ich in die vierte Klasse Volksschule ging, starb meine Großmutter. Meine Mutter ging mit mir zum Laden, um schwarze Schleifen für meine Zöpfe zu kaufen. Die Kaufmannsfrau mit ihren kräftigen Armen, die aus kurzen Ärmeln quollen, stand in der Kittelschürze hinter dem Verkaufspult.

Neben der Eingangstür ragte ein schwerer raumhoher Schrank mit unzähligen Laden empor. Mit routinierter Gewissheit zog sie eine der Laden heraus und stellte sie auf den daneben stehenden Tisch. Jedes Stück in einer Lade und eine Lade für jedes Stück. Wie herrlich. Sie tätschelte meinen Kopf, bevor sie mit schwerer Schere zwei Streifen schräg abschnitt.

Am Tag der Beerdigung flocht meine Mutter die langen Zöpfe wie immer streng hinter meine Ohren, sodass diese nach vorne gedrückt wurden. Ich hasste es, wenn sie mir abstehende Ohren flocht. Dann je ein rotes Gummibändchen, schon brüchig – man warf ja nichts weg, was noch gut war – und darüber die Schleifen. Sonst bekam ich nie Schleifen ins Haar und ich freute mich darüber genauso wie über den freien Schultag. Auf dem Weg vom Begräbnis nach Hause gingen wir an der Schule vorbei und als die Lehrerin zufällig aus dem Fenster blickte, winkte ich ihr fröhlich zu. Sie winkte nicht zurück.

Auch heute stehen die steifen Stores in geordneten Falten hinter den großen Aluminiumfenstern wie Soldaten, dort wo man früher den einzigen kleinen Raum durch eine dunkelbraune Flügeltür betrat. Alltägliches stand in den Regalen, Besonderes, wie Schrauben oder Vogelfutter wurden aus dem Lager geholt. Mehl, Zucker, Salz, Rex-Ringe für Einkochgläser, Knöpfe und Reißverschlüsse, Schrauben und Hirschseife wurden in Papiersäckchen verpackt.

Es gab wenig Müll. Mülltonnen, halb so groß wie die heutigen und aus Blech, wurden von der Gemeinde erst in den Siebzigerjahren ausgegeben. Davor gab es hinter dem Haus den Häfengraben, eine Grube, in der die wenigen Dinge landeten, die unverwertbar oder nicht brennbar waren. Löchrige rotbraune Emailletöpfe, die nicht einmal mehr zum Füttern der Hühner taugten. Gleich daneben der Abort, das kleine hölzerne Häuschen, das an der Hauswand zum Ziegenstall lehnte, da wo sich heute das Esszimmer befindet. Aber das war vor meiner Zeit.

Am Haus einer alten Nachbarin stand noch bis vor wenigen Jahren solch ein Häuschen, angebaut an die Scheiterhütte, klischeehaft mit einem Herzchen in der Türe. Von innen konnte man es mit einem Holzriegel versperren. Im Sommer stieg der beißende Geruch das runde Loch im Holzsitz hoch. Fliegen tummelten sich und setzten sich auf die nackte Haut. Im Winter, wenn der Haufen gefroren war, stank es ausnahmsweise nicht. Unter ihrem Bett stand der Nachttopf bereit, den sie bei großer Kälte auch tagsüber nutzte.

Ihre Enkeltochter war manchmal meine Spielkameradin. Sie war stark übergewichtig, denn bei ihrer Großmutter gab es süßen Malzkaffee mit viel Milch in einer weiten, tiefen Schüssel, in den Semmelbrocken eingeweicht wurden. Wir löffelten zusammen aus einer Schüssel. Kaffee essen. Sie löffelte viel vom süßen Trost, um zu vergessen, dass ihre Eltern sie nicht haben wollten und bei jeder sich bietenden Gelegenheit bei der Großmutter abstellten.

Auch das Nachbarhaus hinter unserem Haus hatte noch ein Häuschen. Jaroslav, der Ungar, der dort alleine wohnte, pflegte morgens bei offener Tür zu sitzen. Wenn die junge Bäckersfrau, die zweimal pro Woche ins Gei fuhr, an seinem Haus anhielt, rief er ihr von weitem seine Bestellung zu und sie hängte peinlich berührt und mit rotem Kopf das Stoffsäckchen mit Zwieballen oder Weinbeerkipferln an seine Haustür.

Auch er hatte eine dicke Enkeltochter, die die Sommerferien bei ihrem Opa nutze, um sich mit allem vollzustopfen, was ihre Mutter ihr sonst verbot. Einmal besuchte ich sie in der Stadt. Sie wohnte mit ihrer Mutter in einer Wohnung mit Balkon im sechsten Stock eines Wohnblocks. Im Lift roch es nach Pisse und der einzige mit dem sie sprechen konnte, während ihre Mutter als Verkäuferin in einem Schuhgeschäft arbeitete, war der Kanarienvogel. Ihre Mutter hatte eine Plastikdose mit Tampons auf dem Spülkasten.

Überhaupt erledigte Jaroslav alles draußen, was man draußen erledigen konnte. Und er hörte niemals auf zu singen. Er rupfte seine Hühner vor dem Haus in der Sonne. Das heiße Wasser dampfte und es roch nach Talg und Federn, wenn sich die gelben Spitzen aus der warzigen Haut lösten. Und dabei sang er, meist auf Ungarisch, seiner Muttersprache. Er sang auch, wenn er seine morgendliche Wäsche draußen vor dem Haus durchführte, wofür er ein Schaffel mit heißem Wasser, ein Stück Kernseife und einen Waschlappen bereitstellte. Erst kam sein Körper an die Reihe mit dem prallen runden Bauch, den weißen krausen Haaren auf der Brust, die Klothhose bis zum Nabel hochgezogen mit bleichen Beinchen, die unten herausstrebten bis hinunter zu den braunen Kreuzschlapfen. Danach schrubbte er auf dem Tisch seine Wäsche mit Seife. Tropfnass hängte er die Stücke auf eine Drahtleine, gestützt von langen dünnen hölzernen A-Stützen. Und er sang abends, wenn er im Bett lag bei offenem Fenster zu Operetten und Volksliedern, um die Einsamkeit zu vertreiben, nachdem die letzte Frau im Haus verstorben und die Kinder ausgezogen waren.

Nur wenn er auf der Sommerbank seine Virginia genoss, dann war er ganz still.

Er heiratet die Nachbarin, die schon zwei Kinder hatte, ledige Kinder. Es hieß, dass mein Onkel der Vater der beiden Kinder war. Es war sehr offensichtlich, denn die beiden hatten das gleiche Grübchen am Kinn wie er. „Er hat auch immer gezahlt für die Kinder", merkte meine Mutter an. Aber keiner sprach darüber. Am allerwenigsten er selbst. Warum er sie nie geheiratet hat, wusste niemand.

Geheiratet hat er später schließlich doch noch. Eine Frau, bei der es sich nie richtig angefühlt hatte, sie Tante zu nennen. Sie verließ die winzige Wohnung nur, um das Waschwasser in den Bach neben dem Haus zu schütten. In der Zweizimmerwohnung gab es kein fließendes Wasser, sondern nur eine Wasserstelle im Erdgeschoss im Flur. Sie holte es mit Blechkübeln und erhitzte es am Holzherd. Manchmal war ich bei ihr zum Mittagessen eingeladen. Als ich etwa zehn Jahre alt war, erzählte sie mir vom Krieg und von den Russen, der Roten Armee, die 1945 in ihrer Heimat Niederösterreich einmarschierten. „Die Soldaten waren schlimm. Besonders für die Frauen. Die waren grausam zu den Frauen. Sie haben uns als Kriegsbeute genommen. Man muss vorsichtig sein, wirklich vorsichtig sein. Hör mir gut zu: Du musst dich in Acht nehmen vor den Männern." Sie hatte keine eigenen Kinder. Sie und mein Onkel hatten aber ein Pflegekind aufgezogen, ein Mädchen.

Meinen Onkel nannte ich dagegen sehr gerne Onkel und hätte ich ein zärtlicheres Wort gehabt, wäre es für ihn gewesen. Er arbeitete bei meinem Vater als Schneider und teilte oft seine Jause mit mir. Trockenes Schwarzbrot und Speck, den er dünn mit seinem Taschenmesser aufschnitt, die Brotscheibe oder eine Zeitung als Unterlage nutzend. Die Buchstaben verschmierten sich auf dem Papier und wurden durch das scharfe Messer glatt getrennt. Immer nur Brot und Speck, nie etwas anderes. Es war köstlich. Für den Kater schnitt er die Schwarte in kleine Stückchen und gab sie ihm mit einem sanften Lächeln, ebenfalls die Zeitung als Unterlage nutzend. Er nannte alle Katzen Pezi und streichelte sie sanft am Oberkopf zwischen den Ohren. Dabei lächelte er gütig.

Von ihm habe ich das Genießen gelernt. Sonntags und feiertags genehmigte er sich eine Zigarre und ein Gläschen Schnaps oder Wein. Niemals an anderen Tagen und meist nur eines, selten zwei. Die Zigarre, immer nur eine, trug er in einem silbernen Etui in der Innentasche seines maßgeschneiderten Rocks. Das helle Futter mit seinen feinen grauen Streifen war sorgfältig verarbeitet. Er trug, genauso wie mein Vater, Jahr und Tag Knickerbockerhosen, dazu handgestrickte Stutzen mit Zopfmuster in Grau oder in Grün. Im Winter einen Hut, der die Ohrenspitzen in der Kälte hellrot leuchten ließ, ebenso wie seine Nase.

Manchmal kam er auf unseren sonntäglichen Spaziergang mit, insbesondere, wenn wir zum Mühlengasthaus gingen. Da kam ich gerne mit, denn es war kein Spazierengehen mit Erwachsenen. Es war eine Abenteuerreise im Kopf. Der Weg zum Gasthaus führte am Bach entlang durch einen Wald. Der Onkel erzählte Geschichten von Zwergen im Wald, die in den Wurzelhöhlen der Bäume wohnten. Ich gruselte mich und konnte dennoch nicht genug von seinen Geschichten bekommen. Und solange er da war, konnte mir nichts geschehen.

Wenn meine Mutter mich schalt und mit dem Kochlöffel hinter mir her rannte, versteckte ich mich unter seinem Schneidertisch. Er hat mich immer beschützt und meine Mutter mit seiner sanften aber bestimmten Art in die Schranken gewiesen. Manchmal, wenn er nicht da war, um mich zu retten, bekam ich doch Schläge oder Stubenarrest.

Aber ausgerechnet an dem Tag, an dem ich ihn am meisten gebraucht hätte, war er nicht da. Ich machte mit einem dieser riesigen rosa Bazooka Kaugummi Blasen, die ich in meinem Mund zerplatzen ließ. Mutter missbilligte, was ich tat. Plötzlich platzte eine Blase in meinem Mund, sodass sich ein dünnes Häutchen über meine Luftröhre legte. Ich konnte nicht mehr atmen und war in Todesangst. Mutter lachte hämisch und kostete es aus, mich mit Genugtuung von oben herab zu demütigen. In jenem Moment hätt ich mir jemanden gewünscht, der mir Empathie und Wohlwollen entgegengebracht hätte, mich in den Arm genommen und getröstet hätte. Stattdessen sah ich mich einer Frau ausgeliefert, die die Macht der Erwachsenen missbrauchte und mein Urvertrauen zerstörte. Dieses Ausgeliefertsein sollte ich bis ins junge Erwachsenenalter noch oft zu spüren bekommen. Kinder können sich nicht wehren gegen Missbrauch und Demütigung, können nicht weglaufen und nicht zurückschlagen. Solange ich gehorsam war, zeigte sie sich friedlich. Sollte ich es jedoch wagen, meinen Weg gehen zu wollen, wurde sie zur rachsüchtigen Hexe, die alle Register zog, um ihren Willen durchzusetzen. Nach außen hin gab sie sich jedoch als Mutter Theresa.

Als mein Onkel im Sterben lag, war ich vierzehn Jahre alt. Ich wollte es nicht wahrhaben, denn es gab so viele Dinge, die wir noch nicht zusammen erlebt hatten. Ich wollte doch noch von ihm lernen, Klarinette und anschließend Saxofon zu spielen. Und es war gerade die Jugendzeit, in der ich meiner Mutter konstant Gelegenheit gab, mich zu strafen. Da vermisste ich seine schützende Hand umso mehr.

Als er nach einem Krankenhausaufenthalt zu Hause gepflegt wurde, schottete ihn seine Frau von Besuchern ab. Ich durfte ihn nur einmal für wenige Minuten sehen. Er saß in seinem Bett, zurechtgemacht als wäre er schon aufgebahrt, gestützt von zwei dicken Kissen. Sie schwänzelte ständig um das Bett herum und gönnte uns keinen vertrauten Moment. Ich hätte gerne seine Hand gehalten.

„Er braucht Ruhe", belehrte sie mich und schob mich bestimmt aus dem Zimmer. Ich habe nicht verstanden, warum jemand, der stirbt, Ruhe braucht.

Der Tod war mir vertraut, denn der Tod wohnte sozusagen nebenan. Unser Haus war das Haus im Wäldchen neben dem Aufbahrungshaus. Wir Kinder gingen manchmal als Mutprobe in die Leichenhalle. Der Tod war immer gegenwärtig, immer sichtbar und immer greifbar. Tagsüber war die Tür unversperrt. Jeder konnte den Leichen seine Aufwartung machen. Das wuchtige Eichentor mit der schwarzen Schmiedeeisenklinke wagten wir nur leise zu öffnen. Manche Särge waren offen und manche hatten im Deckel Fensterchen und wir zogen uns einen Holzschemel heran, um einer nach dem anderen auf Zehenspitzen hineinzuschauen. Blasse Gesichter mit lila Lippen, die Hände über der Brust gefaltet. Nur die, die gewaltsam ums Leben gekommen waren oder durch Unfälle verunstaltet waren, lagen in geschlossenen Särgen. Es roch nach Blumenkränzen und Kerzen. ʹUnserem alten Kameradenʹ oder ʹIn ewigem Andenken an meinen treuen Gattenʹ stand in Goldschrift auf den bunten Schleifen der Kränze, die hier still vor sich hinwarteten, um später auf dem Erdhaufen im Friedhof zu verwelken. Auch wenn es draußen heiß war, war es drinnen kühl. Im Sommer brannte der kalte Fliesenboden auf meinen bloßen Füßen. Die Wände und der gekachelte Boden hallten bei jedem Geräusch, aber wenn man den Atem für einen Augenblick anhielt, war es ganz still. Es waren nicht die Toten, die uns Respekt einflößten, sondern diese Totenstille.

Am Tag eines Begräbnisses versammelten sich die Menschen vor der Leichenhalle, um anschließend den Toten bis zur Kirche zu begleiten. Vorne der Pfarrer, dann die

Angehörigen, dann die Vereine – Kameradschaftsbund, Feuerwehr, Musikkapelle. Nach und nach reihten sich die Männer und zum Schluss die Frauen vom Straßenrand in die Prozession ein. Ganz hinten gingen die, die zu spät kamen oder die am Wege irgendwo wieder ausscherten. Sechs starke Männer – üblicherweise enge Freunde des Toten – waren erforderlich, um den Sarg auf den Schultern zu schleppen, und es galt als letzter Ehrendienst. Im Sommer schwitzten die Sargträger in ihren schwarzen Anzügen und gelegentlich wankte einer. Dann sprang einer der dahinter gehenden Männer herbei. Später wurde ein Rollwägelchen angeschafft, das von sechs Männern geschoben wurde. An der Länge des Leichenzuges konnte man den sozialen Status sowie die Zugehörigkeit zur Musikkapelle, Feuerwehr, Goldhaubengruppe, Bergrettung oder Kameradschaftsbund ablesen. Oft beobachteten wir hinter dem Store der Stube den Leichenzug, um zu sehen, wer dem Verstorbenen die letzte Ehre erwies. Eine „große Leich" stand für die gesellschaftliche Anerkennung des Verstorbenen. Uns Kindern war es für diese halbe Stunde verboten, das Haus zu verlassen und draußen zu spielen oder zu lachen. Auch die Erwachsenen hielten sich zurück und unterbrachen ihre Arbeit draußen

Vor dem Tod hatte ich auf diese Weise früh die Furcht verloren. Ich hatte im Laufe der Jahre viele Tote gesehen, aber ich hatte noch nie jemanden sterben sehen. Alleine die Vorstellung des Sterbens, hin und her gezerrt zu werden zwischen Leben und Tod, erschreckt mich zutiefst - zumal die Menschen den Weg immer alleine gehen müssen, ganz gleich, ob jemand bei ihnen ist oder nicht. Die Vorstellung, dass sich der Sterbende fügen muss, machtlos ist, loslassen muss und vor allem, dass das zutiefst Menschliche, nämlich die Gnade mit einem anderen verbunden zu sein, haltlos wird, erschüttert mich bin ins Innerste und ich verdränge diesen Gedanken geflissentlich.

Aufgebahrt und am Pfarrfriedhof begraben wurden ausschließlich Dorfbewohner, die römisch-katholisch waren und erdbestattet wurden. Die wenigen im Dorf, die sich damals einäschern ließen, mussten nach Linz oder Steyr ins Krematorium überführt werden. Sie waren auf einem eigenen Urnenfriedhof weit außerhalb des Dorfes zu bestatten. Der Urnenfriedhof lag auf einem unwirtlichen Stück Land, etwa eine Gehstunde vom Dorf entfernt.

Mein Vater war einer der wenigen Exzentriker, der viele Jahre dem Verein *Die Flamme* angehörte und er betonte, dass im Falle seines Todes alle Kosten übernommen würden. Er würde sich jedenfalls nicht von den Würmern das Hirn zerfressen lassen, meinte er bestimmt. Trotz seiner lange vor seinem Tod bezahlten Einäscherung und entgegen seinem ausdrücklichen Wunsch entschied meine Mutter, jene 30.000 Schilling, die er kurz vor seinem Tod im Lotto gewonnen hatte, für ein ausladendes konventionelles Begräbnis auszugeben.

Der Pfarrhof, die Kirche und der Friedhof drum herum haben sich in den letzten Jahrzehnten nicht verändert. Ich ging schon als Achtjährige auf diesem Stöckelpflaster zur Erstkommunion, die Haare mit großem Aufwand zu Stoppellocken geformt. Wir Kinder hatten in Zweierreihen, nach Größe geordnet, zu gehen. Ich war die drittkleinste und die Religionslehrerin teilte mich einem der Goller-Mädchen zu, mit dem niemand gehen wollte. Der Tag war damit für mich verdorben.

Die Gollers waren weithin bekannt. Acht Kinder. Die Mädchen mit strähnigen, die Buben mit struppigen Haaren. Der Vater war ein furchterregender Mann, ein ehemaliger Fremdenlegionär mit einer Narbe im Gesicht. Immer, wenn ich eine Geschichte über Piraten hörte, stellte ich sie mir vor wie den alten Goller. Man erzählte sich, dass die Kinder keine Betten hatten, sondern allein oder zu zweit in den großen Schubladen von hölzernen Bauernkommoden schliefen. Sie hatten kein Badezimmer und kamen oft mit schmutzigen Händen und Fingernägeln zur Schule.

Unter den Schulkindern galt genauso wie unter den Erwachsenen eine stillschweigende Hierarchie. Es war schon aufgrund der Herkunft nicht vorgesehen, im Gefüge aufzusteigen oder abzufallen. Somit war Mobbing für die Kinder nicht notwendig, um ihre Stellung zu erkämpfen oder zu verteidigen. Jeder wusste, dass die Eltern der Meier Resi einen großen Hof hatten, dass sie einmal einen ebenso angesehenen jungen Mann heiraten und dass sie eine angesehene Bäuerin würde, auch wenn sie eine Hasenscharte hatte. Da gab es nichts zu beweisen oder abzuerkennen. Genauso wusste jeder, dass der Goller Matthias einmal genauso ein Taugenichts werden würde, wie sein Vater. Er war sicherlich nicht dumm. Dumm wurde er von der Lehrerin gemacht, die darüber hinaus auch die tägliche Erniedrigung übernahm und ihn hartnäckig Hias nannte. Alle Goller Kinder wiederholten irgendwann eine Klasse in der Volksschule.

Ich werde niemals die Scham in seinem Gesicht und in meinem Herzen vergessen, als ihn die Lehrerin vorne in der Klasse aufstellte. Ihm gegenüber durfte sich Sylvia aufstellen. Man beachte, Sylvia mit Ypsilon, was von der Lehrerin stets beachtet wurde. Weil Matthias ihre Füllfeder zerbrochen hatte, durfte sie ihm vor der versammelten Klasse eine Ohrfeige geben. Sie holte kräftig aus und er musste regungslos diese Demütigung, von einem Mädchen geohrfeigt zu werden, hinnehmen. Das war 1974, das Jahr in dem das Verbot der körperlichen Züchtigung an Schulen in Kraft trat.

Einmal, als ich mit den Nachbarskindern zum Krämer ging, um Süßigkeiten zu kaufen, traf ich auf das älteste der Goller Mädchen. Sie hatte zwei Jackentaschen voll mit Süßigkeiten gekauft und stand stolz vor dem Krämerladen. Sie strahlte mich an und schenkte mir einen Manja-Riegel.

Es war eines der teuren Süßigkeiten, die wir uns nur selten gönnen konnten.

Meine Großmutter gab mir ab und an ein paar Zehngroschenstücke. Um zehn Groschen gab es ein Stollwerck. Pfeifenlutscher, süßer Speck und Brausepulver, das wir aus den kleinen Beuteln in unsere Handflächen leerten und mit Spucke zum Schäumen brachten, waren etwas teurer. Nur gelegentlich bekam ich einen Schilling für ein rosa Ein-Schilling-Eis.

Ich wunderte mich, woher sie das viele Geld hatte und mutmaßte, dass sie es gestohlen haben musste. Trotzdem habe ich ihr Geschenk höflich angenommen.

Sie hatte wohl gehofft, sich mit ihrer Geste die Freundschaft oder den Respekt anderer Kinder zu verdienen. Bei mir löste das Geschenk, jedoch nur noch mehr Verachtung aus. Wie konnte jemand, der ohnehin arm war, sein Geld so verschwenderisch ausgeben. Noch mehr angewidert war ich jedoch von ihren schmutzigen Händen. Als sie mir den Schokoriegel hinstreckte, konnte ich sehen, dass sich in den Falten ihrer Handfläche schwarze Linien abzeichneten.

Sobald sie außer Sichtweite war, warf ich – wenn es mir auch um die Schokolade leid war – die Süßigkeit samt Folie in ein Gebüsch.

Die Männer, die vor dem Kriegerdenkmal im Halbkreis stehen, lüften für meine Mutter den Hut zum Gruß, als wir den Friedhof betreten. Am schmiedeeisernen Tor steht einer, dessen Namen ich vergessen habe. Ein schüchterner Bauernbub aus einfachen Verhältnissen, inzwischen ebenfalls fast fünfzig Jahre alt. Er hält eine Sammelbüchse in der Hand und niemand wagt es, an ihm vorbeizugehen, ohne etwas hineinzuwerfen. So kann sich einer sichtbar machen, der sonst nie wahrgenommen wurde. Die Leute halten die Münzen bereits in ihren Manteltaschen parat. Eine Münze für den Mann am Friedhofstor und eine für die Messe.

Er sieht so gar nicht wie ein devoter Katholik aus mit seinen weiß strahlenden falschen Zähnen und seinen orangefarbenen Backen. Streng gläubige Katholiken, das hatte ich mir in der Klosterschule eingeprägt, haben müde Augen, ein müdes Lächeln, den Kopf dabei etwas zur Seite geneigt, sind blass im Gesicht mit leichten Augenringen, die Zähne meist gelblich verfärbt, das Haar ungefärbt und mausgrau, keine Schminke, kein Parfum oder Deodorant, sondern mit gottesgefälligem leichten Schweißgeruch. Als ob sie vor Körpergeruch ebenso gefeit wären wie vor verbotenem sündhaftem Denken.

Der kurze Weg zum Kircheneingang ist ein Wechsel von verhaltenen Blicken nach rechts und links, um niemanden zu übersehen, den man grüßen sollte und von niedergeschlagenen Augen, um der Ernsthaftigkeit des Anlasses gerecht zu werden.

Immer auf die korrekte Dosis des Lächelns achtend. Für meine Mutter ein Baden in sozialer Anpassung, für mich ein Spießrutenlauf.

Endlich das Kirchentor. Zwischen der äußeren Türe und der inneren sind die Steinstufen abgenutzt. Jeder steckt seinen Finger in den Steintrog mit dem Weihwasser. Wenn es im Winter gefror, konnte man nur über die Oberfläche streichen und beim Singen bildete sich Winteratem. Ich mochte das und sang so laut es nur ging, um die Nebelschwaden weit hinauszustoßen.

Zielstrebig gehe ich mit meiner gebrechlichen Mutter am Arm zum Mittelgang. Die Jüngeren machen einen tiefen Kniefall, wenn sie sich bekreuzigen, die Älteren deuten ihn nur an. Ich mache einen halbherzigen Kleinmädchen-Knicks und schlage hastig ein Kreuz. Da ist sie wieder, die Rebellin, die sich gegen das kirchliche Establishment stemmen möchte und doch halb einknickt, um Mutter einen Gefallen zu tun. Meine Mutter dürfte niemals erfahren, dass ich längst aus der Kirche ausgetreten bin. Sie macht sich Sorgen, dass ich nicht in den Himmel kommen werde, weil sie längst gemerkt hat, dass ich Agnostikerin bin. Ansprechen würde sie mich aber niemals darauf, denn dann könnte ihre Vermutung Gewissheit werden.

Obwohl es keine fixe Einteilung gibt, scheint es, als hätten die Menschen ihre angestammten Plätze. Mutter steuert dieselbe Kirchenbank an wie immer und in den Reihen davor, daneben und dahinter entdecke ich dieselben Gesichter, wie im Vorjahr.

Einige Frauen murmeln ihrer Sitznachbarin etwas zu, nachdem sie uns mit einem leichten Nicken begrüßt haben. „Das ist doch die…"

Nun wünschte ich doch, ich hätte meinen pinken Mantel angezogen.

Früher gab es ausgewiesene Sitzplätze, die durch Namensschilder in den Kirchenbänken gekennzeichnet waren. Die teuren Plätze für die angesehenen Leute vorne, näher bei Gott, die günstigeren weiter hinten. Angestammte Familien hatten mehrere Plätze nebeneinander, alleinstehende Männer saßen links und getrennt von den alleinstehenden Frauen auf rechter Seite. Die Jugendlichen suchten sich gerne einen Platz auf der hinteren Galerie, denn neben der Orgel konnte man gut schwätzen und flirten. Im dunklen Stiegenaufgang stehend war man überhaupt meist unbeobachtet.

Aufstehen, hinsetzten, niederknien, wieder hinsetzen. Ich bin nicht mehr vertraut mit den Abläufen und kopiere die Leute vor mir mit einiger Verzögerung. Ich komme mir vor, wie die Neue im Aerobic Kurs. Beten widerstrebt mir, das Singen fällt mir leichter. Ich singe gerne und laut in der Kirche, weil ich nicht gut singen kann und es in der Kirche egal ist, ob jemand einen halben Ton daneben liegt. Die Melodien sind die gleichen wie vor vielen Jahren und die Texte kann ich in den Gesangsbüchern ablesen. Die jeweilige Liednummer wird mit blutroten digitalen Leuchtziffern direkt neben dem blutenden Jesus am Kreuz angezeigt. Doch da sind sie wieder, die wiederkehrenden Floskeln von Schuld, Sünde und Gottes Erbarmen - und ich als armes, sündiges, unwertes Würstchen. Ich höre auf zu singen.

Über Lautsprecher wird mechanisch der Verstorbenen des vergangenen Jahres gedacht und jeder und jede wird einzeln mit Namen und Alter vorgelesen. Henriette Lautner, am 22. August im 92. Lebensjahr, Franz Holzner am 27. August im 81. Lebensjahr,...

Die meisten von ihnen waren über 80 Jahre alt und sind mir aus der Jugend in der blühenden Lebensmitte in Erinnerung. Der Atem stockt bei den beiden, die unter Dreißig waren. Die Jungen im Dorf sind mir unbekannt und ich kann nur von ihren Familiennamen erahnen, wer ihre Eltern sind.

Zwischendurch humpelt der Mesner von Reihe zu Reihe. Der frühere Klingelbeutel aus rotem Samt an langer Stange, der wie ein königlicher Apfelpflücker aussah, wurde durch ein offenes Körbchen ersetzt, das weitergereicht wird. Jeder kann nun sehen, was sein Vorgänger willens war zu spenden. Es finden sich tatsächlich Banknoten darin, einige von beträchtlicher Höhe. Mutter wirft die vorbereiteten Münzen aus ihrer Manteltasche hinein. Ich ignoriere die dreiste Aufforderung und reiche das Sammelkörbchen in die Bank hinter mir.

Vereine, die offen Frauen diskriminieren und mit schwarzer Pädagogik arbeiten, unterstütze ich grundsätzlich nicht.

„Dank sei Gott dem Herrn", läutet den Abschluss ein und ich denke: „Gott sei Dank".

Mit hängenden Köpfen und gedrückten Schultern verlassen die Menschen in respektvollem Abstand voneinander die düstere Kirche. Husten hallt die Wände entlang. Dort und da schnäuzt sich jemand geräuschvoll. Es riecht nach Chrysanthemen, fauligem Blumenwasser und Mottenkugeln. Wieder tauchen die Menschen ihre Finger in den Weihwassertrog.

Das Tageslicht und die kalte Luft treffen mich. Es nieselt. Der zweite Spießrutenlauf vom Kirchentor zum Familiengrab beginnt. Um die Gräber herum stehen Angehörige mit gefalteten Händen, das Kinn gegen die Brust gedrückt, und schauen auf die sorgfältig gepflanzten Erika und die arrangierten Trockengestecke. Dreitageslichter flackern rot oder weiß. Vorbei am Grab der Familie Schönemeier, das ganz in schwarzem Marmor gehalten ist, die Lettern in goldener Schrift und auf der Deckplatte ein protziges Gärtnerarrangement für die kalte Jahreszeit. Mutter Schönemeier in alter Tradition im Fuchspelz mit passender Haube. Sie nickt uns gediegen zu, bevor sie mit ihrem schwarzen Lederhandschuh das Grablicht zurechtrückt.

Ganz anders nimmt sich daneben das Grab der Familie Hiesinger aus. Ein schlichtes Holzkreuz mit einem kleinen weißen Emailschildchen und darunter eine Grablichthalterung. Flusssteine begrenzen die Erde in der Mitte, die mit Erika bepflanzt ist. Die zwei Hiesinger Töchter, ebenfalls in ihrem besten Wintermantel. Eile ist geboten. Wir haben das Familiengrab zu erreichen, bevor der Priester samt Prozession mit Weihwasser und Weihrauchwolke an unsrem Grab vorbeikommt.

Neben unserem Familiengrab warten schon meine beiden Cousinen am Grab ihrer früh verstorbenen Mutter. Es wird begrüßt und gelächelt. Man sieht sich selten. Zwischen Bekreuzigen und Weihwassersprengung wird die Einladung zu Kaffee und Kuchen ausgesprochen.

Beim Verlassen des Friedhofes breitet sich gelöste Stimmung aus. Die Menschen unterhalten sich. Dort und da ist ein Lachen zu hören, manchmal zu laut für diesen Ort und den Anlass des Zusammentreffens. Vor dem Friedhofstor sind bereits zufallende Autotüren zu hören. Die Gediegenheit weicht der Geschäftigkeit eines Feiertages.

Wir gehen zu Fuß nach Hause zurück, vorbei am Pfarrhof, in dem je nach Jahreszeit das Faschingskabarett oder die Weihnachtsbuchausstellung stattfinden. Auch der Tanzkurs für Jugendliche, an dem ich einst teilnahm, fand im Pfarrsaal statt.

Ich war ein schmächtiges Mädchen ohne nennenswerte Oberweite und wurde immer wieder vom selben Jungen aus dem Nachbardorf zum Tanz aufgefordert. Die Burschen und wir Mädchen hatten uns vor den Tänzen in Reihen gegenüber aufzustellen und immer durften die Burschen die Mädchen auswählen, niemals umgekehrt. Ich zuckte jedes Mal zusammen, wenn ich den – ebenfalls schmächtigen – mit Pickeln übersäten Jungen auf mich zusteuern sah und ich wusste, es gab kein Entrinnen. Seine klamme schweißige Hand fasste meine und seine Linke hinterließ einen feuchten Fleck auf meinem Rücken, während er sich bemühte, mit den übergroßen Füßen nicht auf meine zu treten. Ich war deprimiert, dass er mich jedes Mal zum Tanz aufforderte und kein anderer versuchte, ihm den Rang abzulaufen. Nur einmal kam ihm der dicke Robert zuvor, der bei den Mädchen wegen seiner roten Haare und Sommersprossen ebenso wenig begehrt war. Er erklärte mir, er wolle mit mir den

Rock 'n' Roll tanzen, weil ich wegen meines geringen Körpergewichtes sicherlich leicht herumzuschupfen wäre. Leider hatte er keine Muskelkraft und das Schwingen von der rechten Seite seines Bauches zur linken Seite gelang noch weniger als das Durchrutschen zwischen seinen dicken Schenkeln unter der schwarzen, speckig glänzenden Hose.

Noch peinlicher waren die katholischen Jungschargruppen samstagabends im Pfarrsaal. Ein junger Diakon versuchte uns bei Neonbeleuchtung die Keuschheit einzubläuen, was jedoch bei mir mit meinen sechzehn Jahren längst zu spät kam. Das war zuvor schon den Klosterschwestern im Internat nicht gelungen. Bereits in der ersten Klasse, also als wir zehn Jahre alt waren, wurde uns in der Anstandsstunde, wie sie genannt wurde, nicht nur gelehrt, wie man einen Papst, einen Bischof oder einen Herzog anspricht, wie man einen züchtigen Knicks macht, wie man die Besteckfolge auf einem festlich gedeckten Tisch einhält und dass man sich am Rücken niemals mit den Fingernägeln kratzt, sondern sich höchstens an der Kante eines Türstocks reibt. Es wurde uns auch beigebracht, dass man einen jungen Mann vor der Verlobung nicht küssen darf.

Die Nonnen versuchten diesen Inkubator für Tugendhaftigkeit und Anstand höherer Töchter trotz der außerhalb der Klostermauern brodelnden Frauenbewegung der 1970er Jahre und dem Beginn eines tiefgreifenden sozioökonomischen Wandels unbeirrbar aufrechtzuerhalten.

Nachdem ich aufgrund meiner Herkunft weder einer adeligen Familie noch einer Industriellenfamilie, ja nicht einmal einer gutbürgerlichen Familie entstammte, sondern eher zufällig und nur weil meine Volksschullehrerin insistierte, ich sollte auf eine höhere Schule geschickt werden, im klösterlichen Gymnasium als Internatsschülerin gelandet war, empfand ich auch niemals die Notwendigkeit oder Verpflichtung, den diversen absurden sittlichen Forderungen nachzukommen.

Nächstenliebe und Barmherzigkeit sollten wir stets üben. Und so kam es, dass wir vor Allerheiligen nicht nur verwaiste Gräber pflegten, im Mai des Jahres 1976 Hygienepakete für die Erdbebenopfer von Friaul packten, sondern auch Briefverkehr mit Strafgefangenen pflegten. Der mir zugeteilte Häftling war ein zweiundzwanzigjähriger junger Mann, der wegen Drogenhandels inhaftiert war. Was die verantwortliche Nonne geritten hatte, einem zwölfjährigen pubertierenden Mädchen eine derartige Brieffreundschaft zu vermitteln, ist mir bis heute unerklärlich und wäre mittlerweile ein veritabler Skandal. Natürlich fand ich ihn hochgradig interessant und erotisierend. Weniger erfreut war meine Mutter Jahre später, als eines Abends die Polizei bei uns zu Hause auftauchte. Er war aus der Haft entlassen worden und wiederum verdächtig, eine Straftat im Zusammenhang mit Drogen begangen zu haben. Irgendwie war mein Name bei den Ermittlungen aufgetaucht und ich wurde befragt, ob mir sein Aufenthaltsort bekannt sei. Der Schrecken saß mir noch tiefer in den Knochen als meiner Mutter, da dies zu einer Zeit war, als ich selbst nicht immer gesetzestreu war und befürchtete, die Polizei habe mich deswegen aufgesucht.

Genau wie meine übrigen Erinnerungen an die Teenagerjahre machen mir diese Gedankensprünge in die Vergangenheit einen wirren Kopf. Kind zu sein war leicht in einem ländlichen Dorf. Es war leicht, unschuldig zu sein und es war leicht, mit der Gesellschaft und der Natur im Einklang zu leben. Nicht so das Erwachsenwerden. Ich wusste nicht, wie ich einen Platz finden konnte, wie ich in diesen Strukturen leben und mir selbst gleichzeitig treu bleiben konnte. Es war, als wäre ich als Gemälde bereits vorhanden und über dieses Gemälde war ein seidener Stoff gespannt, eisblau. Schließlich zerriss ich das Gewebe, riss es auseinander und zerstörte es Stück für Stück, um das Bild dahinter freizulegen. Es war keine bewusste Entscheidung, nein, es passierte mit mir und dabei wurde immer wieder auch ein wenig vom Gemälde zerkratzt. Ausbrechen und sich Einfügen schwappten abwechselnd wie übermächtige Wellen über mir zusammen, bis ich schließlich Schiffbruch erlitt und mir selbst einen goldenen Käfig baute, aus dem ich erst mit fünfundzwanzig Jahren auszubrechen wagte.

Aber das ist eine andere Geschichte.

Das Gmunder Keramik Kaffeeservice wird hervorgekramt, mit einem rot-weiß karierten Geschirrtuch von Staub und Spinnenexkrementen befreit. Aus der Stube höre ich meine Cousinen lebhaft plaudern.

„Ja, wir waren heuer im Sommer im Tessin mit dem Bruder von der Vroni und seiner Familie…."

Ich hole die mit pfirsichfarbenem Satin ausgelegte Schatulle mit den silbernen Kaffeelöffeln und Kuchengabeln aus der untersten Schublade.

„Wie geht's denn der Vroni, hatte die nicht eine Thrombose nach ihrer Knieoperation?..."

Filterkaffee tröpfelt gemächlich durch die Melittatüte.

„Nein, das war nicht die Vroni, sondern ihre Schwägerin…"

„Ach, die – wie heißt sie noch mal – die Renate. Die hat sich aber jetzt doch scheiden lassen und den Hitzinger Fredl geheiratet, der beim Brunner gearbeitet hat..."

Ich schneide die hausgemachte Kardinalschnitte mit einem langen, scharfen Sägemesser in Stücke.

Jetzt bloß nichts Unüberlegtes tun. Besser ich schlage die Sahne für den Kaffee auf. Das macht Lärm, übertönt den Tratsch und baut meine Anspannung ab.

Und morgen, wenn ich mit meinem Mann die Königsallee entlang spaziere, trage ich wieder meinen pinken Mantel.